徳 間 文 庫

純喫茶トルンカ

八 木 沢 里 志

徳 間 書 店

目次

日曜日のバレリーナ　5
再会の街　103
恋の雫　207
解説　南沢奈央　311

日曜日のバレリーナ

純喫茶トルンカにあのおかしな女、雪村《ゆきむら》千夏《ちなつ》が現れたのは、年の瀬も迫った日曜日のことだった。

誰も彼も年越しの準備で忙しいのか、その日、トルンカは珍しく朝から閑古鳥《かんこどり》が鳴いている状態だった。昼時に近所に住む常連のおじさんがやって来たが、その後ぱったりと客足も途絶え、僕とトルンカのマスター（立花《たちばな》勲《いさお》というのが彼の名だが、僕はいつもマスターと呼んでいる）、それからマスターの娘である雫《しずく》ちゃんしか店内にはいなかった。窓の外では明るい日差しが降り注いでいたが、商店街通りから一歩外れた路地裏にひっそりと佇む店は、すでに薄暗かった。

壁の振り子時計がこちこちと規則的な音を店内に響かせ、スピーカーからは邪魔にならないようにと、ぎりぎりまで絞《しぼ》られた音量のショパンのピアノ曲が流れる。生まれたばかりの小さな空白が、僕ら三人を包んでいるかのような、そんな穏やかな休日の午後だった。

「暇だねえ」

雫ちゃんはカウンター席にだらしなく腰かけて、お客が置いていったスポーツ新聞を読みながら、朝からすでに三十回は同じ言葉を繰り返していた。

「暇だねえ」

僕もモップで床を拭くふりをしながら同じく二十八、九回目になるはずの言葉を繰り返した。雫ちゃんは自らを〝トルンカの看板娘〟と普段称しているのだが、頬杖《ほおづえ》をつき口を半開きにして、スポーツ新聞をめくる自分の姿を鏡で見ても、胸を張ってそう言えるのだろうか。

「年末だからねえ」

現役女子高生の気を引くような記事はどうやらなかったようで、雫ちゃんはばさばさと音を立て新聞を折ると、それを乱暴にカウンターに放った。

「年末だもんねえ」

僕はモップを握りしめて所在なく突っ立ったまま宙を見つめ、気の抜けた返事をする。彼女が放置した新聞の中ほどにある裸の女の子たちのページが実は少し気になるのだが、いま手を伸ばすのは早計と判断し、堪えることにした。

「雫、おまえ、椅子に座るんならちゃんと座れ。パンツ見えるぞ」

カウンター奥でひたすらグラス磨きに興じるマスターが呆《あき》れ顔をした。

マスターは、見た感じはいかつくて少々怖いけれど、穏やかで普段から滅多なことでは感情をあらわにしない。こんな閑古鳥状態のときでさえ表情一つ変えず、時折きゅっきゅっと小気味よい音を立てながら、グラスとカップをひたすら磨き上げている。

「エロ親父」

雫ちゃんがべえと舌を出して見せても、マスターは動じる様子もなく、「誰もおまえのパンツなぞ見たくないわ。だらしない格好するな」と実に冷淡だ。

窓の外のブロック塀の上を、こげ茶色の猫が背中に冬の弱い日差しを受け、とっとっとっと軽い足取りで通り過ぎていく。いままでも何度も見かけたことのある子で、この路地裏をねぐらにしている雄猫だ。ちょうど店の前が猫たちの通り道になっているのだ。ピンと立った短くて太い尾が、彼のいままでの波乱に満ちた猫生を物語っている。

東京の下町は野良猫が多いと何かの本で昔読んだことがあったけれど、ここでアルバイトをはじめてから僕にも顔馴染《かおなじ》み（?）の猫がずいぶんできた。あのうちの何匹が今年の厳しい冬を無事生き延びられるのだろう、とぼんやり思う。

「あー、なんか面白いこと起きないかな」

「おまえなあ」マスターが再び呆れ顔をする。「面白いことがそうそうあってたまるか。何かを面白いと感じたいなら、まず自分が毎日をきちんと生きることが大切なんだ。そこから面白さも自然と立ち上がってくるわけで――」

「そんなマジメに答えないでよ。ただこの退屈が吹っ飛ぶようなことが起きないかなあって言ってるんだってば。修一《しゅういち》君もそう思うでしょ?」

「思う」

「……たく。うちのバイトはしょうもないのばかりだな」

マスターは大きなため息をついてみせたが、雫ちゃんは完全に無視し、僕の方を見やる。

「修一君、もう冬休みなの?」

「もうとっくだよ。雫ちゃんはまだなの?」

「まだ。あと二日もある。修一君は休み中、何をするですか?」

「んー? 本読んだり、昼寝したり、酒飲んだりします」

「それって休みじゃないときと変わらないんじゃないの」

「そうともいうね」

「なんか大学生って気楽でいいね」

「それは世の大学生たちに失礼だ。ちゃんとした大学生もいっぱいいる」

「ああ、なるほど。修一君は駄目な方の大学生だもんね」

「そう、駄目な方の大学生です」

僕は胸を張って答えた。

「いいな、駄目な方の大学生は。わたしもそうなりたい。よし決めた、わたしも高校卒業したら駄目な方の大学生になる」

「よし、がんばれ。僕も君のよき手本となるよう、日々努力しよう」

「こら、修一。雫に悪い影響を与えんな。おまえも来年は大学四年だろ？　そろそろ……」

そんな流れでマスターのお説教がはじまってしまいそうになった、そのときだ。折よくベルがカラコロと鳴り、ドアが開いた。僕ら三人はガチョウの親子のように一斉にそちらに視線を向けた。

ドアの前には、一人の女性の姿があった。

年配のお客さんが多いトルンカには珍しく、かなり若い。厚ぼったい黒のコートに鮮やかな朱色のマフラーをした、小柄で、いかにも大人しそうな子だ。セミロングの黒髪をおかっぱ風にきれいに切りそろえている。外が寒かったのだろう、白い頬がかすかに赤く上気していた。

雫ちゃんは椅子から素早く立ち上がると、長く伸ばした髪を手櫛《てぐし》でさっと整え、エプロンの紐を結び直した。それから「いらっしゃいませー」とさきほどまでの仏頂面《ぶっちょうづら》が嘘のような営業スマイルで彼女を迎え入れた。

女の子は店に客が誰もおらず、僕ら三人の視線を一身に受けていることにたじろいでしまったらしく、髪の毛をいじりながら、うつむいている。僕は子鹿のような彼女をこれ以上おびえさせないようにと、カニ歩きで厨房に引っ込んだ。

雫ちゃんが一番奥のテーブル席に案内し、水を運んだ。やがて秘密の打ち明け話でもしているような小声でのやりとりのあとで、伝票を手にした雫ちゃんが戻ってきた。

「コロンビア」

「はいよ」

マスターがミルで豆を挽き、その粉末をドリッパーに入れて湯を注ぎはじめると、店内に馥郁《ふくいく》たる香りが満ちてきた。夜奏曲のピアノの調べと共に漂うその香りを胸に吸い込むと、ふと現実感が薄れていって、ヨーロッパの古い街並みを歩いているような気がしてしまう。

窓の外をさきほどとは別の猫が一匹横切っていく。僕がその猫を見守っているあいだも、マスターは黙々と抽出《ちゅうしゅつ》作業を続け、いつしかほのかに湯気を立ちあげながら、黒く艶やかな色を放つ一杯が出来上がる。このひとの淹れるコーヒーはお世辞抜きに旨《うま》い。雫ちゃんはせっかくそんな親の娘として生まれてきたのに、コーヒーが嫌いで普段全く飲まない。これは相当にもったいないことだと思う。僕がその立場なら、子どものころから喜々として飲んでいたことだろう。

「修二」

マスターは黒い液体がなみなみつがれた白磁のカップをトレイに載せると、僕に持っていくよう顎で指示した。

そう、異常なまでに暇だったことをのぞけば、ここまでは何の変哲もない、純喫茶トルンカにおける午後の一ページだったのだ。

ところが、だ。

僕がカップをテーブルに置いたとき、ずっと伏し目がちにしていた彼女がこちらを見上げた。

するとどういうわけか、その大きな瞳をよりいっそう見開いて、こちらをまじまじと見つめてくるのだ。その瞳はあまりにまっすぐな光を放っていたので、僕は自分の内面まで見透かされているような不安な気持ちになったほどだ。

彼女はやおら立ち上がると、僕の手をひやりと冷たい両手でしかと握り締めた。そして突然の出来事に対処できないでいる僕に向かって、感に堪えないといった声で、

「やっと会えた」

そう確かに言ったのだった。

僕は手を取られたまま、ただぽかんと目の前の彼女を見つめ返すことしかできなかった。

店の中に一瞬、深い沈黙が落ちる。

「え、え？　修一君、知り合いなの？」

厨房に引っ込みかけていた雫ちゃんが、フルスピードで戻ってきて、僕らを交互に見た。

僕はぶんぶんと首を激しく横に振った。

「違う、と思う」

あらためて彼女を見て、自分の記憶を探ってみた。大学のクラスの子たち、地元の知り合い、親戚縁者。だがやはり、目の前の女の子に見覚えは全くない。

「あの」

さりげなく手を振りほどいて言った。彼女はまだ僕の手を、その白くて冷たい両手できつく握りしめていたのだ。

「失礼ですけど、どちら様でしょう？　自分の記憶違いだったら申し訳ないですけど、以前に会ったことありましたっけ？」

「いいえ、ありません」

彼女は小さくはあるが、きっぱりとした声で言った。その迫力に、僕は無意識に半歩後ろにさがった。

「でも、私はあなたをずっと前から知っているんです」

「は？」

「私は、雪村千夏と言います」

「あ、えと、奥山《おくやま》修一です……」

「はじめまして」

「は、はじめまして……？」

頭がすっかり混乱してしまう。実際こうした不測な事態が起きたとき、人間とは案外何もできないものだ。傍らの雫ちゃんも、これにはさすがにぽかんと口を開けたままで、この成り行きを見守っている。

「現世でお会いするのははじめてですが、私たちは前世でお会いしてるんです」

「ぜんせ？」

「私たち」

彼女はそこで一度口を閉ざすと、突然照れたように頬を赤らめて笑みをもらした。それから大切な秘密を打ち明けるかのようにささやき声で、

「私たち、前世で恋人同士だったんです」

そう言って、恥ずかしそうに前髪をいじりながら、ふふふと低く笑った。

日が暮れかけ、店には早々とランタンの琥珀《こはく》色の明かりが灯《とも》された。雪村千夏と名乗る女の子と僕はその淡い光の下で、なぜか向かい合って座っていた。

それもこれも雫ちゃんが「まあまあ、立ち話もなんだし」と言いだしたせいだ。彼女は逃げ出そうとする僕の腕をがっしり摑《つか》み、自分までその隣にどっかりと腰をおろしてしまったのだった。間違いなく楽しむ気だ。

「あの、私、決して怪しい者ではないんです……」

雪村千夏は怪しさ満点で言った。それでも最初に僕を見たときよりはだいぶ落ち着きを取り戻したようで、再び入店時のぼそぼそとした口調に戻っていた。

「ええっと、千夏さん……て呼んでいいのかな。千夏さんは、ほんとに修一君のことはさっきまで知らなかったんですよね？」

雫ちゃんが持ち前の人懐《ひとなつ》っこさを発揮して訊《たず》ねた。

「はい、知りませんでした」

「だけど前世では会ったことがあると？」

「そうです」

雪村は上目づかいで窺《うかが》うように僕をちらりと見た。

「その……思い出せませんか？」

「いや、あのね、その前にあなたが何のことを言ってるのかさえわからないんですけど」

不愉快さを隠しもせず強い語気で言うと、テーブルの下で雫ちゃんに肘で脇腹を思い切り小突かれた。

あばらが折れたらどうしてくれるのだ。むっとして雫ちゃんをねめつけると、彼女は対面の雪村へ顎をしゃくってみせた。雪村は、世界の終わりを目にしたかのように、とてもわかりやすくうなだれていた。僕はこめかみをぽりぽりと掻《か》き、小さくため息をついた。

「で、僕たちはどこで知り会ったんですか？」

「十八世紀末、市民革命の真っ只中、激動に揺れるパリです」

彼女はさきほどまでの表情が嘘のようにぱっと顔を輝かせた。雫ちゃんが横で「うほー」と動物めいた奇声を上げる。しかし雪村はそれを気にもせずに、言葉を続ける。

「会いたかった、シルヴィー……」

「え？」

「シルヴィー。あなたのかつての名前です」

「僕、女ですか？」

「はい」

雪村はにっこりと満面の笑みで頷《うなず》いた。「うほー」とまた横から奇怪な声があがる。

「前世では私が男でした、エティエンヌ・アペールという名の。シルヴィー・ソレーユ、あなたは小鳥のように愛らしく、それでいて歴戦の戦士も真っ青なほどの勇敢さも持ち合わせた女性でした」

雫ちゃんの反応は予想できるとして、カウンターの方を盗み見ると、マスターまでがうつむいてぶるぶると肩を震わせている。

「はじめて会ったとき、シルヴィー、あなたはまだ十八歳のあどけなさが残る少女でしたが、その内側には燃えるような魂を宿し……」

「もうそれはわかりましたから！　先をお願いします」

なんだか聞いているだけで、こっちの顔が赤らんでしまう。

「私は貧しい煙突掃除夫でした。あなたにはじめて会ったのは、リュクサンブール公園でしたね。私は学校帰りのあなたを一目見たときから、心を奪われてしまって……」

「うほー」隣の女子高生がまた鳴き声をあげた。

「私は学校帰りのあなたにどう話しかけたらと寝ても覚めてもそればかり考えて、毎日公園で学校帰りのあなたを待っていました。それであの日、そうあの運命の日です。突然夕立が降って、あなたのほっそりとした肩を濡らし、私は一本の傘を握り締めて気がつけばあなたのもとに駆けだして……」

「ああ、わかりました」

僕はこちらにおかまいなしで饒舌《じょうぜつ》になっていく彼女を、慌てて遮った。

「もうそのへんの話はけっこうです。とにかく僕らは……というかシルヴィーとエティエンヌでしたっけ？　その二人はそのころ恋人だった、と。そういうことなんですね」

「ええ、そうです。こんな風にまた出会えるなんて本当に奇跡です……」

いつの間にやら、その瞳に大粒の涙がたまっていた。彼女はいささか少女趣味なピンク色のハンカチを鞄《かばん》から取り出すと、目じりをそっとぬぐった。

「仮にですよ？　あなたが前世をほんとに覚えてるとして、どうして僕がそのひとだって断言できるんですか？　こっちにはそんな記憶は全くないわけだけど」

「それはもう、あの……目が合った瞬間にピンと来ました」

「運命ってやつですか！」

雫ちゃんが身を乗り出して声を上げる。

「そう……ですね」

雪村千夏は照れ笑いを浮かべて、コーヒーを一口飲んだ。それから赤くなった目元を隠そうとするように、前髪をぐいぐい引っ張る。

「私は学のないただの掃除夫でしたが、あなたは聡明で使命に燃えるひとでしたから、そんな私に君主主義の恐ろしさと啓蒙思想の可能性、そして何より、いま我々が立ちあがる意義について、優しく説いてくれました。そうして私たちはアンシャン・レジームの崩壊を願って、ほかの多くの民衆とともに蜂起したのです」

「アンシャ……?」

僕と雫ちゃんが一緒に首を傾げると、それまで黙していたマスターが口を挟んだ。

「アンシャン・レジーム。絶対王政を基本としたルイ十六世が即位していた当時のフランスの社会体制のこと。おまえら、もう少し歴史の勉強しろ」

雪村はマスターを見ると、「お詳しいんですね」と微笑んだ。「コーヒーもとても美味しいです」

マスターは「いや、これはどうも」と照れ笑いを浮かべ、雫ちゃんがうんざりしたように、「エロ親父」とつぶやいた。雪村はそれにはかまわずまた僕に向き直る。

「私たちは名もない一市民でしかありませんでしたが、その胸には希望と自由への強い想いが輝いていました。でも、その道はあまりに険しかった。大勢のひとがその戦いの中で血を流しました。街には仲間の腐乱した亡骸《なきがら》が山のように……」

まるでその死を悼《いた》むように彼女は目を閉じ、小さくかぶりを振った。

「そうして激化する戦いの中でとうとう私も、政府軍によって拘束され、まもなく牢獄にて果てました。最期《さいご》のときでさえ、私は革命の成就を願ってやみませんでした。そしてシルヴィー、もちろんあなたのことを片時も忘れませんでした。ああ、あなたを残して一人死ぬなんて！　私たちは一緒に革命の朝を迎えると約束したのに、朽ち果てるときも一緒だと約束したのに。それなのに……」

両手で顔を覆った彼女は、とうとうさめざめと泣き出し、さらに言った。

「シルヴィー、ごめんなさい。私はあなたにどうしても謝りたかった……」

いままでの二十一年の人生で、僕はこれほど理不尽な場面に出くわしたことはなかったのではないかと思う。いま目の前で、自分にはまるで身に覚えのないことで、涙を流す女のひとがいる。僕はすっかり混乱してしまい、立ちあがり、「たったいま自分も思い出しました！」と叫びたい衝動に駆られた。女の涙って、こわい。

だがそこはぐっとこらえ――そんなことになったら本当に手に負えなくなる――ハンカチで涙をぬぐう雪村千夏に「やはり思い出せませんか？」と訊ねられても、黙って首を横に振った。

「ちょっとシルヴィー、冷たいじゃない！　エティエンヌのこと、どうにか思いだしてあげられないの？」

雫ちゃんは僕以上に涙にほだされてしまったらしく、僕に本気で詰め寄ってくるありさまだった。

とにかく話はそんな風に平行線のままだった。そうして窓の外もすっかり紺色に染まったころ、立て続けに二組のお客が店にやって来て、僕らは席を立った。

「あの、今日は突然すみませんでした」雪村は最後にそう言って退散しようとしたが、

「千夏さん、いつでもまたきてね！ 修一君もその時には思い出してるかもしれませんよ」

うちの看板娘はものすごく余計なひとことを言った。

「い、いいんでしょうか？」

「もちろん！」

さっきまで涙に濡れていた雪村の顔は、たちまち誕生日の子どもみたいに輝いた。

「ありがとうございます。うれしいです」

やれやれ。僕は短くため息をついた。しかし看板娘の決定を覆す力は僕にはない。雫ちゃんは雪村千夏をドアの前で見送ると、勝ち誇ったように、ふふんと鼻を鳴らしてマスターを見た。

「面白いこと、起きたねえ」

年末年始はトルンカも店を閉めていたため、僕は安アパートの狭苦しい部屋で何の予定もなく過ごした。

大学の友人たちは実家に帰ったり、旅行に行ったりしてしまっていた。でもちょっとした事情がある僕は、帰省はしなかった。大学に通うため東京に出てきてから一度も帰っていないが、両親からも特に何の連絡もない。それでかまわない。僕も厄介ごとには極力関わりたくない。

正月の、騒がしいだけのテレビ番組をうんざりしながらもずっと見続け、その間に僕が自発的にやったことといえば、せいぜい自分のためにコーヒーを淹れたことくらいだった。

トルンカでバイトをはじめてから、影響を受けて自分でも電動ミルやドリッパーなどの道具を買い揃え、自宅でコーヒーを淹れるようになった。正直、最初は味の違いもよくわからなかったが、店の暇な時間を利用してマスターの手ほどきを受けているうちに、丁寧に淹れた一杯とそうでないものの違いがだんだんわかるようになってきた。

マスターいわく、豆の選択、道具の良し悪しによっても大きく左右はされるが、旨いコーヒーをつくる一番のコツは「手間を惜しまないこと」、これに尽きるのだそうだ。

確かにサーバーからドリッパーを外すタイミングに気を配るだけでも、出来上がった一杯の味は格段に変わってくる。味の違いがわかるようになってから、マスターのそれと自分のを比べて愕然《がくぜん》とした。後味が同じ豆でもぜんぜん違うのだ。

それを知ってからは、僕の淹れるコーヒーもずいぶんましになったと思う。別に将来、喫茶店を開こうなどと企《たくら》んでいるわけでもないが、それでも美味しいにこしたことはない。何より僕にはほかにたいした趣味も誇れる特技もない。ちょっとくらいこだわってみても、罰は当たるまい。そうしていまではマスターには遠く及ばずとも、それなりのものを自宅でも淹れられるようになったと思う。

けれど、正月に一人きりの部屋で飲むコーヒーは、どうしようもなく味気なかった。

去年の正月は、めぐみとずっと一緒だった。年越しもわざわざ寒い外になど出たりせず、こたつに入ってテレビを見ながら迎えた。年が明けてから僕がコーヒーを淹れ、奮発して購入した萩焼のコーヒーカップで乾杯して新年を祝った。

当時はまだあまり旨いとはいえなかったコーヒーを飲み、「こういう年越しもいいね」とめぐみは笑った。そのときの彼女の笑顔と声は、いまでもはっきり思いだせる。

めぐみとは、三カ月ほど前に別れた。というより、僕が一方的にふられた。それからというもの僕はしばらく抜け殻状態で、傍《はた》から見てもひどい有様だったらしい。それでトルンカの二人にもずいぶん迷惑をかけてしまったし、特に世話好きの雫ちゃんにはいまだ心配される始末なのだった。

でも僕は、ことあるごとに彼女のことばかり思いだしている。はじめて付き合った人というのは、誰にとっても特別な思い入れがあるものなんだろうか。それとも彼女を僕が忘れられないのは、単に僕がめぐみという人間を好きでたまらなかったということなんだろうか。あるいはただ、僕が感傷に浸りやすい、いつまでもぐずぐずと過去にしがみつくタイプの人間なのか。だが三カ月というのは、忘れるには早すぎるし、かといって引きずるのもいい加減情けない、という微妙な時期のような気がする。

そういえば、めぐみと付き合うことになった日は、僕がはじめてトルンカを訪れた日でもあった。

二年前、大学一年の夏の終わりのことだ。

僕たちは大学からの帰り、いつものようにどこかへ寄り道して帰ることにした。なんとなく気が合って学校でも外でも二人でいることが多かったが、明確に付き合っていたわけでもなく、要するにそのころの僕らは友だち以上恋人未満といった煮え切らない関係を長く続けていた。

その日は下町に行ってみたいというめぐみの希望で、僕のアパートからもさほど遠くない谷中銀座商店街に行ったのだった。ちょうど夕暮れ時だった商店街は活気があって、今晩の夕食を探すひとたちでいっぱいだった。昭和的雰囲気が色濃く残っている道幅の狭いにぎやかな通りは、歩いていると懐かしいような、新鮮なような不思議な感じがした。

僕らは総菜屋で買ったコロッケを歩きながら頬張って、商店街の中程まできた。そのとき突然目の前を、キジトラの猫が矢のようにぴゅうっと走っていった。そのまま、細まった路地へと消えていく。

僕らは猫に道案内されるように、その路地へと入っていった。大人がひとり通るのがやっとの細い路地だった。両脇には民家が並び、敷地に駐輪するスペースがないためか、家の周囲には子ども用の自転車が何台も出しっぱなしになっている。電信柱から伸びる電線は、よくこんがらがらないものだと感心してしまうほど、無数に張り巡らしてあった。

めぐみを先頭にして進んでいくと、行き止まりに外壁を蔦《つた》に覆われた相当古い建物があった。バンガローのような三角屋根を頭にいただき、全体が渋いブラウンで統一されたその建物は、民家ではなく喫茶店らしかった。

「へえ、こんな奥に喫茶店があるんだ」

めぐみは僕の返事も待たずに勇ましく進んでいき、ガラス張りのドアから店内の様子をそっと窺った。

「中も感じ良さそう。ね、入ってみない？」

〈純喫茶トルンカ〉と看板を掲げた店のドアを開け、中に入った。

外観から予想した通り、店内はさほど大きくもなく、カウンター席を除けば五つのテーブル席があるだけだった。驚いたことに、これほどわかりにくい場所にあっても店はそれなりに混んでいて、テーブル席は真ん中のひとつ以外すべて埋まっていた。

めぐみはその隠れ家めいた雰囲気もふくめ店を早くも気に入ってしまったようだった。席に案内されたあとも、きょろきょろと店内を見回し、壁にかかった味のある木彫りの面に目を止め、「あれってアフリカとかで買ったのかなあ。眠たそうな顔がちょっと修一君に似てるよね」と笑い、トイレ前に設置されていたピンク電話を見ては、「すごいねえ、まだあんなのあるんだね」と目を丸くしたりと、忙しい。

僕はその間、彼女に倣《なら》って店内の様子を眺める振りをしながら、対面に座った無邪気にはしゃぐ女の子をずっと盗み見ていた。よく笑う子だった。それも笑顔がこぼれるという感じの、とても自然で、嫌味のない笑い方だった。

ああ、自分はこの子のことがやっぱり好きなんだな。

そのとき、僕はそんな思いに打たれていた。

それまでの人生で、誰かを本気で好きになったことは一度もなかったように思う。実家の両親は共同でラウンジを経営していたが、僕が子どものころからすでに二人の仲は最悪だった。体裁と店の利権のためだけに書類上の夫婦を演じているだけで、実際にはお互いに若い愛人をこさえ、好き勝手な生活を送っていた。そんな親を傍から見てきたせいか、僕はひとを好きになるという感情を理解できないでいた。一生、自分は誰のことも好きになれないのでは、とずっと不安だった。

けれど東京に出てきて、大学でめぐみと知り合い、その明るさと屈託のない笑顔に触れているうち、誰かを愛おしいと思う気持ちというのは、こんな気持ちなのかなと思うようになった。それは僕にとって、泣きたくなるほどうれしくて、大切なものだった。

その日の帰り道、夜の街を歩きながらも、喫茶店でふと湧きあがってきた気持ちは一向に消える気配がなかった。だからそのまま偽らずに彼女に伝えた。いや、伝えたというよりは、口からこぼれ落ちてしまったといった方が正しかった。

「嬉しい。やっと言ってくれた」

めぐみの顔がくしゃくしゃに歪《ゆが》んで、泣き笑いのような顔になった。あはは、と彼女は夜の道で声にならない声で笑った。

「ずっと、待ってたよ」

それからほどなくして、トルンカにアルバイト募集の張り紙がされているのをたまたま見つけ、バイトを探していた僕はその場で申し込んだ。履歴書さえ持っていなかったのに、マスターは快く雇ってくれた。

めぐみはよくお客としてやってきては、僕が仕事を終えるのをそこで待ってくれていた。マスターや雫ちゃんには「仲が良くていいねえ」とよくからかわれたが、照れる僕の横で彼女はいつも「うん、仲良いよ」と笑ったものだった。

けれど彼女がこの店に来てくれることは、きっともうないのだろう。息を切らしながら店のドアを開けて現れることも、コーヒーを飲みながら僕を待ってくれることも、もうない。

大切なものは失ってからはじめて気がつく、というあの陳腐な常套句《じょうとうく》はどうやら本当のことのようだ。僕はそれをめぐみがいなくなってはじめて知った。できることなら、そんなもの一生知りたくなかったのに。

気がつくと、年が明けていた。

休み明け最初の日曜日、雪村千夏は再び現れた。

その日、雫ちゃんは出かけていて僕とマスターだけだった。これはまあ、幸いだったかもしれない。

なにしろ雫ちゃんは、年末のあの一件以来、やたらと雪村千夏を僕にすすめてくるようになってしまったのだ。修一君、これは出逢いだよ、と。

心配になった僕が、まさか本気で信じてないよね、と訊ねると、

「まあ不思議だとは思うけどね。でも夢があっていいよ、革命中のパリで恋人同士だったなんてさ。それにとっても可愛い人だったよ。いくつだろう、わたしよりちょっと年上くらいかな？　今度はうまくやりなよ、わたしも応援するから！」

などと励ましてくる。なぜだか彼女のことがすっかり気に入ってしまったらしく、顔を合わせれば、千夏さん、千夏さんなのだ。雫ちゃんも女子高生だし、意外とこの手の話が好きなんだろうか。まあ、単に面白がってるだけの可能性も大いにあるが。

店に入ってきたのが雪村千夏だと気付いた瞬間、僕はかちんと固まった。この間とは違って店はそれなりに混雑していたので、またあんな展開になったらたまったものではない。ところが今回雪村は至極まともに、深々とお辞儀なんぞをしてみせたのだった。

「この間はご迷惑をおかけしてすみませんでした」

「え、あ、はい」

僕が戸惑っていると、

「それであの、これ良かったらみなさんで召し上がってください」

彼女は菓子折りを差し出してきた。包装紙からすると、よみせ通りにある老舗《しにせ》の和菓子

店のものらしい。

「ど、どうも」

「甘いもの、苦手でしたか？」

窘《たしな》められるのを恐れるみたいに訊《き》いてくる。

「いや、そんなことはないけど」

「そうですか。よかった」

彼女はほっとしたように笑みを漏らした。それから前髪をぐいと指で引っ張って瞳を隠そうとする。どうやらその仕草は彼女の癖らしい。

「この辺に住んでるのかい？」

後ろで様子を見ていたマスターがいかつい顔に精一杯の笑みを浮かべ、問いかけた。

「はい。駅の反対側ですけど」

「よくこの店、見つけられたね。場所が場所だから近所のひと以外になかなか気づいてもらえないんだよ」

「あ、あの猫が」

彼女はこちらがむずがゆくなるほど、もじもじとした。

「ん？」

「猫が走っていったんです。それで追いかけてみたら……」

「ああ、なるほどね」マスターは苦笑した。

「すみません」

「いやいや、謝らないでいいんだよ」

マスターが慌てる横で、僕は自分のときと同じだったことに内心感動していたが、もちろん態度には出さなかった。

と、テーブル席にいた話し好き滝田のじいさんがぐいぐいと間に入ってきて、

「何？　猫？　猫が入っていったのを追っかけてきたって？　それはあれだ、『風の谷のアリス』と一緒だな」

などと珍妙なことを言う。僕とマスターは「それは『不思議の国のアリス』」と声を揃えて訂正した。だいたいアリスは猫など追っていない。ウサギを追いかけるのだ。

それはともかく、雪村は僕らに簡潔に挨拶を済ませると、カウンター席に座ってただ静かにコーヒーを飲んだ。遠くから見ていると、そういう形のオブジェなのだと思えるほど彼女はじっと動かなかった。そしてそのままおもむろに立ち上がり、会釈だけで帰った。

「ちょっと大人しすぎるきらいはあるが、可愛いし、いい子じゃないか」

あっさり帰っていく彼女にいささか拍子抜けした僕の肩を、マスターは含みのある笑み

を浮かべ叩いた。

「おまえも新しい出会いにそろそろ目を向けてもいいころだろ？」

　僕は目を丸くしてしまった。マスターもマスターなりに僕のことを気にかけてくれていたらしい。もっとも娘同様、単に面白がってるだけかもしれないが。

「でも、あのひとはさすがにちょっと……」

「たしかに俺も前世とかまったく信じてないがな。でもあの子は決して悪い子じゃないよ」

「どうしてわかるんです？」

「俺がどれだけこの商売でひとを見てきたと思ってる？　そのひとと二度も言葉を交わせば、わかっちまうのさ」

「うわ、すげーうさんくさい」

　マスターはそれでも、ふっふっふと不敵に笑うだけだった。

　その日から雪村千夏は週に一度、必ずトルンカにやって来るようになった。

　決まって日曜日、大抵昼過ぎの、店が暇になる時分だ。来たからといって、やはり特に何をするというわけでもない。

店ではいつもコーヒーを頼み、ぼんやりと虚空を眺めているか、「小公女」とか「秘密の花園」、「赤毛のアン」シリーズといった明らかに彼女よりも年若い子が好みそうな文庫本を読んでいた。ときどき僕と目が合えば、はにかんだように微笑む（僕はそのたびに落ち着かない気持ちになるのだが）。そして一、二時間、長くても日が落ちるころには、来たときと同じように静かに帰っていく。

しかし騙されてはいけない。少しでも前世関係の話になると、態度は一変する。僕としてはもちろんそんな話は耳に入れたくない。が、トルンカには雫ちゃんという厄介な娘がいる。二度目の来訪時は奇跡的に不在だったからよかったものの、雫ちゃんは彼女が現れるたび、隙《すき》を見計らっては、隣に座り喜々として話を聞きだしにかかる。

「あれはバスティーユ牢獄の襲撃に成功した直後の晩でした。私たち革命軍は広場で火を焚き、お酒を飲んで、仲間同士の結束を深めました」

「ほうほう」

「私とシルヴィーは手を取り合って、炎が赤々と燃えるのを見つめていました。そしてこの戦いが終わったら、結婚しようと誓いました。あのときのはぜる炎に照らされたシルヴィーの横顔の美しさといったら……」

「うほー、なんか聞いてるこっちが照れますな」

といった具合に。

そう、彼女の話はいつでもこんなちょうしで、夢見がちな、聞いているだけで胸やけしそうなものだった。まるで思春期の少女が、こうだったらいいな、こんな出会いがあったらいいな、と空想しそうな夢物語。それがさらにエスカレートして、現実と妄想の境がとうとうわからなくなってしまった、そんな印象だった。

さすがに放置するのもどうかと思う。

「あのさあ」

二人のそんなやりとりもお馴染みになってきたころ、僕はタイミングを見計らって口をはさんだ。思えば、彼女に自発的に話しかけたのははじめてのことだ。

「君、いまいくつ？」

「私、ですか？」

「そう」

僕はいつまでもお花畑で蝶を追いかけてるような夢心地じゃいけないよと、と軽く諭してやるつもりだったのだが、

「二十四ですが」

「二十四か、君もそろそろそういう少女趣味は……。あれ、二十四？」

彼女の実際の年齢を聞いてたじろいでしまった。せいぜい十八、九と思っていたのに。僕より三つも年上、もう立派な大人じゃないか。

「え、どうかしました？」

雪村はきょとんとした顔で僕を見てくる。

「いや、あの、年上っすか……」

僕はもごもごとつぶやいた。そんな年で、このひと、ますます大丈夫なんだろうか。雫ちゃんも僕と同じ気持ちだったのだろう、隣で目をしばたたかせている。

「じゃ、じゃあ仕事とかは？」

「仕事ですか？　ええと、自動車の部品組み立ての工場で働いてます」

「え、千夏さん、あんまり体強そうにも見えないのに。大変じゃないですか？」

雫ちゃんが僕の懸念をそっくり代弁してくれた。地味めではあるが、いつも可愛いワンピースやブラウスを好んで着ている彼女が、作業服姿で働いている姿はどうにも想像しにくい。

「頭を働かせるよりは、私には合っているので。でも駄目ですね、とろいから迷惑ばかりかけてしまっていて。高校を出てから、もう同じような職場を二回クビになっていて、いまお世話になってるところは三つめです」

僕は思わず、うう、とうめき声をあげてしまう。雫ちゃんもこれにはどう答えていいのかわからない様子で、「そっか、大変ですね……」と言うのがやっとだ。

「いえいえ、むしろ大変なのは周りの方じゃないでしょうか。私がそんなだから、職場のみなさんはあまり口をきいてくれませんし……」

「それって……」雫ちゃんがぽそっと訊ねた。「いじめられてるんですか?」

「ちょ、こら」

僕は慌てて口をはさんだ。なんてストレートに聞くのだ。もうちょっとオブラートに包む言い方があるだろうに。でも雪村は気にするわけでもなく、

「いじめ? いじめなんかじゃありません。私がいつまで経っても使えないからいけないんです。迷惑をかけて本当は辞めた方がいいのはわかってるんですけど、でも私も生活があるから……」

「雪村さん、コーヒー、もう一杯どうですか?」

「え?」

「いや、僕が飲みたい気分になったんで、ついでにと思って。僕が自分で持ち込んだ豆で勝手に淹れるだけなんで、お金はいいし」

僕は戸惑う彼女の返事を待たずに奥に引っ込むと、マスターの許可をもらい、雪村がい

つも頼むコロンビアコーヒーを淹れ、しばらくしてまた戻ってきた。

自分でもなぜそんなことをしたのか、よくわからない。さきほどの気まずい雰囲気をうやむやにしたかったのもある。でもそれだけではない。

僕は自分を少し恥ずかしく思っていた。僕はいつだって怠惰で、ひねくれていて、面倒なことから逃げてばかりいる。口先だけでどうにかその場をやり過ごそうとする。それはもう子どもの時分からずっとそうで、そんな自分の性根が僕は本当は大嫌いだ。彼女みたいにつたないなりにひたむきに生きようとするひとを前にすると、まぶしくて目をそむけたくなってしまう。

彼女は、僕よりもずっと努力しているひとだ。たとえ変なひとでも――掛け値なしの変人でも――必死に自分の生活を守ろうとしている彼女は、僕よりもずっと偉いし、たくましい。

「美味しいです」

僕が届けたコーヒーに彼女は口をつけると、うっすら微笑んだ。そしてやはり前髪をさわる。

そんな言葉は聞こえなかったとばかりに、僕はまたすぐに厨房に引っ込んだ。

夕方、雪村千夏が帰ったあとのテーブルを片づけていたら、「あー、ダメダメ！」と後ろから雫ちゃんがポニー・テールを振り子時計のように左右に揺らしながらすっ飛んできた。

「え、何？」

彼女はカップの脇に置いてあった小さな白い物体を大事そうに取り上げ、「ほら」とこちらに向かって差し出してみせた。

なんてことはない、店の紙ナプキンを使って折ったバレリーナを模した人形だった。

「それがどうかしたの？」

僕は作業の手をとめずに訊ねた。稀《まれ》にではあるが、お客さんがいなくなったあとのテーブルに残されていることがあるので、いまさら珍しいわけでもない。なぜ雫ちゃんが走って来てまで、それを取り上げたのかがまるで理解できない。

「え、わかんないの？」

「だから何が？」

「千夏さんの折るバレリーナ、ほかのひとの折るのとぜんぜん違って、ものすごく上手いでしょ？　いつも必ず残していってくれるんだよね」

向こうには残して帰っているという意識はないと思うのだけど。それは置いておいて、僕は雫ちゃんの掌《てのひら》の中の人形をしげしげと眺めてみた。だが、違いなんてどこにあるのかわからない。そもそも僕は誰が残したものであろうと、ろくに注意も払わず全てゴミ箱に放りこんでしまっていたのだ。

「なんでわかんないかな、にぶちんめ。千夏さんのにはさ、こう、躍動感があるでしょ。見てると表情まである気がしてくるじゃない？　それから手足のバランスがとてもいい。普通はもっと足が短くなったり、頭が大きくなっちゃったりで、こんなにうまく出来ないもん」

雫ちゃんは店にたまたま居合わせた常連のおばあさん――編み物好きで、店でもいつも何か編んでいる千代子さんに、「千代子ばあちゃん、ほら！」と掲げた。ひとの良い千代子さんは本心なのかお愛想なのか、「あら、上手い上手い」と拍手する。

「そういうもんかねえ」

それでも興味のない返事をすると、雫ちゃんはいよいよぷりぷりして、「じゃあ、やってごらんよ」と面倒くさがる僕に無理矢理バレリーナの折り方を一から教えてきた。ナプキンを折り重ね細い一本にして、両端を結び、そこに小さく切れ目を入れて――。しかしこれが自他ともに認める不器用男の僕には、かなりむずかしい。

どうにか完成まで持っていけたものの、僕の手によって生み出されたバレリーナはひどい有様だった。大根足だし、頭の大きさに比べ腕は短いし、寸胴《ずんどう》だしで、これでは優雅に舞うなんて不可能だ。しかもこれが千代子さんのツボに予想以上にはまってしまったらしく、そのままぽっくり逝っちゃうんじゃないかと心配になるくらい笑い転げていた。

「うーむ、確かに見た目よりずっとむずかしい」僕が渋々認めると、「でしょう？」雫ちゃんは自分が折ったわけでもないのに、なぜか自慢げに、ふふんと鼻を鳴らした。それから突然消え入りそうな声で、

「千夏さん、幸せになってほしいな……」

そんなことをつぶやく。

「まるでいまは幸せじゃないみたいな言い方だね」

「だってさ……」

そこまで言うと、下を向いてしまう。彼女の言いたいことは、なんとなく僕にもわかる。わかるからこそ、どうにも体がむずがゆくなってしまう。

雫ちゃんは、見た目の元気なイメージより実はずっと脆《もろ》い子だ。ひとの言葉や振舞いに感化されやすくて、自分まで一緒になって傷ついてしまう。テレビで悲しいニュースが流れていると、それだけで落ち込んでしまったりする。やさしくいい子だと思うが、ときどき傍で見ていて心配になってしまう。

僕は長い髪を後ろに束ねた頭を、青春ドラマで男の子がヒロインを元気づけるときみたいに、ぽんぽんと軽く叩いてみた。だが、すぐさま手で払われた。まあ想定内。

「前から思ってたけど、雫ちゃんはずいぶんあのひとのことが気に入ってるんだね」

「うーん」雫ちゃんは少し考えてから、ふっと微笑んだ。「ちょっとね、知ってるひとに似てるんだよね」

「へえ、そうなんだ？」

「うん、なんていうか、服の趣味とか、本読むのが好きなところとかさ、ほんと雰囲気がちょっと似てるってだけなんだけどね。なんか千夏さんと話してるとさ、ちょっと懐かしい気持ちになるんだよね」

雫ちゃんはまるで何かを思い出してるみたいに、父親譲りの切れ長の目をいっそう細めてから、

「千夏さんもさ、トルンカが好きだって。ここに来ると、落ち着くし、また明日がんばろうって気になれるって前に言ってくれてた。日曜日がお休みなんだって。その大事な休みの日をさ、うちで過ごしてくれてるの。それってさ、こっちからしたら、もう泣きたくなるくらいうれしいことじゃない？」

営業スマイルとはまた種類の異なるとびきりの笑顔を浮かべ、カウンターの裏から元は

クッキーの詰め合わせが入っていた缶を持ち出してきた。その中に、雪村千夏作のバレリーナをしまおうとする。

「何、わざわざ取っておくの？」

「わたしが気付いた分は全部取ってあるよ。これからは修一君も捨てちゃダメだからね」

雫ちゃんはそう言うと、缶の中を見せてくれた。そこにはすでに三人の先輩バレリーナがいた。

「で、この子たちをさ、手をつなぎ合わせて、カウンターの端から端までつなぎ合わせてレースのアーチみたいにしたら素敵じゃない？」

「えー、そうかな？」

あまりピンとこなくて、首を傾げた。だが雫ちゃんに「そうなの！」とすごまれると、肯定するしか選択肢はない。

「でも、そこまで結ぶのにはまだ全然足りないじゃないか」

カウンターの両端に届くまでだと、少なくとも三十は必要な気がする。いや、五十はいるかもしれない。そのためには、どれだけの日曜日が必要なんだろう。もっと集めたいのなら雪村に直接頼んで山ほどつくってもらえばと思うのだが、「それじゃあ面白くない！」のだそうだ。

「だからさ、千夏さんにはこの先もずっと来てもらわなきゃね」

雫ちゃんは、えへへともう一度笑った。

二月になり暖かい日が続いたと思ったら、翌晩にはちらちらと雪が舞い、また厳しい寒さに逆戻りした。

建てつけの悪い僕の部屋の窓は、強い風が吹くたびにがたがたとうるさく鳴り、隙間からは冷気が情け容赦なく流れ込んでくる。部屋にいても、吐く息が白い。こんな部屋にめぐみはよく頻繁に足を向けてくれたものだ、と思う。

昨日、久しぶりに学食の入口でめぐみと鉢合わせた。憂鬱《ゆううつ》な期末試験期間もすでに終わり、学校に来るひとは少なかったので（僕は補習授業のために行った）、油断した。別れてから、めぐみとはなるべく顔を合わせないようにしていたのに。

一瞬気まずい間があったが、めぐみはすぐにいつもの笑顔を浮かべて僕に訊ねた。

「久しぶり、元気？」

「うん、そっちは？」

「元気だよ」

「そっか」

僕らはそれだけ話すと、軽く手を振って別れた。

不思議なことに、僕はめぐみに未練たらたらであるくせに、一方で彼女がいま幸せであることも本気で願っている。彼女が元気そうでよかったな、と思う。

ただ、彼女がいなくなるや、胸に決して埋めることのできない小さな穴があいてしまったような悲しい気持ちになるのだけは、いつまでも治らない。

「シルヴィー、千夏さんを送ってってあげなよ」

日曜の夕方、帰り支度を整えて店を出ようとすると、雫ちゃんに呼びとめられた。もう五時、僕の上がり時間だったが、雪村千夏は珍しくまだトルンカに残っていた。

「誰がシルヴィーだ」

僕は睨んでみせたが、雫ちゃんは軽く受け流した。もはや達人の域。

「もうけっこう暗いしさ。前世は逆でもいまは千夏さんが女の子なんだからさ」

「そ、そんな悪いですから！」

慌てて立ち上がりかけた雪村を「まあまあ」と制して、雫ちゃんは逃げようとする僕の襟元をぐいとつかんだ。

「いいよね？」

有無を言わさぬ彼女の声に、僕はしかたなくうなずいた。めぐみのこともあり、決して明るい気分ではなかったが、それくらいならまあ問題ないだろう。

「じゃあ、商店街突っ切って駅の方まで行きますけど、一緒に行きます？」

「い、いいんですか？」

「どうせ通り道だし」

僕が気軽に言うと、雪村はすっかり慌ててコートを着込もうと立ちあがった。

「あ、じゃあ、はい！　行きます。すぐ、行きますので！」

「そんなに焦らないでも待てますよ」

「いえ、もう完璧ですから！」

とはいえ、鞄の口は開いていて中身が丸見えだし、会計も済ませていない。彼女は僕に指摘されると、顔を紅潮させ雫ちゃんにお金を払った。彼女のそんな一連の動作を見ていたら、堪え切れずについ吹き出してしまった。雪村は「え？　え？」とまばたきを繰り返したが、僕がとぼけて「じゃ、行きましょう」と言うと、「はい！」とうれしそうに返事をした。まるで散歩に連れて行ってもらえるのを喜ぶ飼い犬みたいだ。

僕を先頭にして、トルンカ通り（というのはトルンカに続く路地のことで、雫ちゃんが勝手に命名したのだが、いつしか僕もそう呼ぶようになってしまった）を抜け、商店街通りに出た。

日暮れが迫る谷中銀座商店街にはすでにぼんやりと街灯が白く光っていた。陽気な音楽が流れる中、今夜の夕飯の食材を探す主婦たちで通りはいっぱいだ。肉屋の前を横切ると、肉の香ばしい匂いが流れてきて、胃がお供え物をよこせと叫び声をあげる。

今年の冬対策として古着屋にて一九五〇円で手に入れたアーミーコートのポケットに手をつっこみ歩く僕の横を、雪村千夏ははじめて会ったときにもしていた鮮やかな朱色のマフラーに顔をうずめるようにして歩く。冷たい冬の風が通り抜けて、肩の上で切り揃えた彼女の髪をふわりとなびかせていく。

そういえば、このひととトルンカ以外の場所にいるのってはじめてだな、と僕はふと思った。なんだかんだで、知りあってから二カ月が経つのだ。出会ったころの拒絶反応は、気がつけばどこかへ行ってしまっている。こうして一緒に歩くのもそれほど嫌じゃない。とはいえマスターたち親子がすすめるような恋人候補としては、とても考えられないのだが。

それはともかくも、帰路に商店街を抜けるコースを選んだのは、愚か極まる行動だった。早速、トルンカの常連でもある青果店のおじさんの目に止まり、「おやおや、トルンカの兄ちゃん。今日はデートか？」と声をかけられた。

すると隣の総菜屋やむかいのお茶屋からも、「お、デートだ、デート」「あら、若いひとはいいわねえ」と声が上がる。

僕はそうして声をかけられるたび、違いますって、と否定しなければならなかった。そう、いつの間にやらこの街のひとたちとすっかり顔見知りになってしまったのだ。みな、驚くほど気さくなひとばかりだから、こうなることを想定すべきだった。なんとも言えない居心地の悪さを感じつつ、僕は歩を進めた。隣の雪村は彼らの言葉にからかいのニュアンスを感じ取っていないのか、意外にも照れる様子がない。

「修一さん、困ると耳を触る癖、昔のままですね」

ようやく冷やかしの集団から抜け出したあたりで、雪村がにこにこと微笑んでそう言うので、びっくりしてしまった。その口調が、本当に僕のことを昔からよく知ってる風だったのだ。でもこれも前世でも、という意味なのだろう。やれやれ、と僕は苦笑した。

「あ、変なこと言ってごめんなさい」

「いや、まあいいんですけどね」

彼女は、それでもなんだかすごくうれしそうに僕の顔を見ていた。

「この辺は愉快なひとが多いんですね」

「愉快って」彼女の少々ズレた言葉に笑ってしまった。「まあ、フレンドリーですよね。

東京にもいろんな場所があるんですね。僕の田舎でもこんなのなかったな」

「田舎、ですか？」

雪村がくるっと僕を見て、聞き返した。

「ああ、うん。和歌山なんですけどね。僕が住んでたのは都会の方だったから人付き合いもけっこうあっさりしてたから」

彼女はまだ僕の顔をじっと見つめてくる。うんこっこ、うんこっこと連呼する男の子とその母親が前を歩いてきて、僕は雪村の腕をさりげなく引っ張った。

「あ、ごめんなさい」

「どうかしました？」

「え？」

「なんか、すごい興味ありそうだから」

「あ、はい。興味、あります」

「うちの田舎に？」

単純に僕に興味があるんだろうか。いままでは僕個人のことなんてほとんど訊ねてきたこともなかったのに。でも雪村はその問いには答えずに、

「修一さんはどうして東京に来たんですか？」

と逆に訊いてきた。

「それは……こっちの大学に来たかったからです」

そう簡潔に答えても、彼女はまだ話の続きを待つように見つめてくる。僕は少し迷ってから、言葉を続けた。

「うちの親、けっこうひどくてね。特に親父の方はたまたま経営した店が大当たりして羽振りが良くなって、僕が子どものころから放蕩《ほうとう》三昧。だから離れたかったってのはあります。なにしろ愛人の家に行くときに、事情のわからない子どもの僕を無理矢理連れていくような親なんですよ。僕と一緒にいけば、母親の目をごまかせると思ったんでしょうね。で、僕は親父が家の中で女といちゃついてるときに、外でずっと待たされるわけです。日差しが照りつける真夏のさなかとかでもね」

僕はそんなことを思い出しながら、苦々しい気持ちで笑った。自分もこんな温もりのある商店街の近くに生まれて、やさしいひとたちに囲まれていたら、こんなにひねくれた人間にならなかったのかな、などとつい夢想してしまう。

「その女の家っていうのが、周囲から忘れ去られてしまったみたいに古ぼけた家で、まわりもそんな家々ばかりで、とても寂しいところでね。自分ちはたまたま裕福だけれどこんな場所もあるんだなって、連れて行かれるたび、わけもわからず悲しい気持ちになったのをよく覚えてます」

もうほとんど忘れかけていたあのころのことを思い出してしまったせいで、気持ちが少し暗くなった。猛烈な日差しにうなじをじりじりと焼かれながら、うら寂しい通りに突っ立っている自分。途方に暮れながら父親が戻ってくるのをひたすら待つしかなかった、あの絶望的な気持ち。

「まあ、だから別に東京じゃなきゃいけないってことはなかった。ただ家を出たかっただけ。親父もおふくろも僕がいない方が好きにやれるから、東京行きに大賛成だったし」

だが僕が上京した直後に、親の経営するラウンジは一気に傾いて、いまや沈みかけた大型船といったありさまらしい。もっともあんないい加減な経営をしていたのだから意外でもなんでもなく、むしろ遅かったくらいではある。そして僕は思い切りそのしわ寄せをくらって、今期の学費の支払いと生活費とで、もうひとつバイトを増やすことになりそうだ。

気がつくと、雪村がこちらが申し訳なくなってしまうくらい切なげな表情で見ていた。

「あ、すみません、変な話して」

僕が謝ると、雪村は慌てて首を横に振った。彼女にこんな話をするとはどうかしている。

「修一さん、あの……」

雪村はそれから長いこと口を結んだままだったが、日暮里駅の入り口が見えてくるころにおもむろに口を開いた。

「いえ、なんでもありません……。ごめんなさい、私、修一さんに悲しいこと思い出させてしまいましたね」

「え？　そんな、気にしないで。僕が勝手にしただけだから。ここ最近、気分が落ち込みがちだったりしたせいで、余計な話、しちゃいました」

彼女は何か言葉を探すみたいに、僕をまたじっと見つめてきた。まっすぐで、とても綺麗な瞳だった。なんだか胸のあたりがかあっと熱くなるような感じになって、つい目を逸《そ》らしてしまった。

「あの、私、修一さんに会えてよかった。本当にそう思ってます。前世とかそれだけじゃなくて……。だからあの、ありがとうございます」

「いえ、そんな……」

「ゼ、ゼロ災で行きましょう！」

出し抜けに彼女が素《す》っ頓狂《とんきょう》な声を上げ、僕はびくっとした。

「へ？」

「私の職場で、朝礼の最後にみんなで言う決まりなんです。今日も災害ゼロ、安全に過ごしましょうって意味で。ほかの方はあまり好きじゃないみたいなんですけど、私、朝これを言うのが好きなんです。ちょっとしたおまじないみたいで、元気が出て、今日もがんばろうって気持ちになれるから」

「はあ」

　頭の中が「？」だったが、少ししてやっとわかった。どうやら僕が落ち込んでいると思い、彼女なりに元気づけようとしてくれたらしい。

「修一さんも、よかったら言ってみてください」

「え？　僕も？」

　駅前のため、周りにはけっこう通行人がいる。雪村が先ほど叫んだせいで、こちらを見ているひともいる。この中で、声を出せというのか。だが雪村は真剣な顔で僕を見ている。

「えっと……ゼロ災で行きましょう……？」

「あの、できればもう少し大きな声でお願いできますか？」

「……ゼロ災で行きましょう！」

　僕はやけになって叫んだ。ちょうど目の前を歩いていたスーツ姿のサラリーマンが、びくっと肩を震わせたあとで訝《いぶか》しげな顔でこっちを見た。そりゃ真冬の街中で突然そんなことを叫ぶ男がいたら、驚くに決まってる。

「素晴らしいです。どうですか、少し気分が良くなりませんか？」

どこまでも真剣な様子でそう訊ねられたら、恥ずかしかっただけとも言えない。それに言葉の意味はともかく、大きな声を出したせいか、不思議と胸がすっとした気分にはなった。そういえば、疲れそうだという理由から、僕は普段滅多に声を張り上げたりしない。

「うん、そんな気がする」

僕は自然と笑顔になって、彼女に言った。

「良かったあ」

彼女は何か大きなことを成し遂げたかのように、ほっと吐息をもらした。そして「では、私はこっちですので」となんだかよくわからないうちに、僕をひとり駅の前に残し、行ってしまった。

冷たい風が鼻先を通りすぎていき、彼女の後ろ姿をぼんやり眺めていたら、くしゃみがひとつでた。

それから幾日もたっていない午後。

大学の帰りにトルンカにバイトのため顔を出すと、店先に背の高い男の子が立っていた。近所に住んでいる高校生の浩太《こうた》君だ。学校帰りらしく、紺のブレザーの制服を着ている。

「何してるの?」

僕が声をかけると、彼は振り返って、

「あ、ども」

ぺこりと頭を下げた。浩太君はムードメーカー担当としてクラスにひとりはいそうな、お気楽で明るい少年だ。きっと子どものころは相当なわんぱくだったのだろう、高校二年になったいまでも「いたずら小僧」と、このあたりのおばちゃんたちからは呼ばれている。

「なにしてるの」

「雫を待ってんすよー。あいつ、なかなか出てこなくて」

「雫ちゃん？　何か用なら店で待てば？」

「何か用って、修一さん、今日何の日だと思ってるわけ？」

浩太君は心底呆れたという顔で、僕に詰め寄ってきた。

「なに、何の日なの？」

「十四日ですよ！　バレンタイン・デーっすよ！　なんで知らないんすか、アホっすか！」

「ああ、なるほど」僕はようやく合点がいった。「で、雫ちゃんを待ってるわけね」

雫ちゃんと浩太君はいわゆる幼馴染みで、幼稚園から高校まではずっと一緒の学校だったらしい。おまけに浩太君は雫ちゃんを子どものころからずっと好きだという。そういうわけで、彼が雫ちゃんに顎で使われているところを頻繁に目にする。

「修一さん、興味ないの？」

「バレンタイン？　あー、正直その手の催しものにはあまり興味ない。女が意中の男にチョコ渡すって習慣が、そもそもお菓子会社の策謀だし」

「策謀って夢がないなあ。雫とも話すんだけど、修一さんってなんか隠居生活してるみたいだよね」

「そう？」

「うん、若さが圧倒的に足りない。もっと肉食べなきゃ」

「それ、関係なくない？」

そんなことを話していると、高校の制服の上にエプロンをした雫ちゃんが外に出てきた。

「ほれ」

雫ちゃんは顔を見せるや尊大に言って、近所で買ったとおぼしき派手にラッピングされた箱を突き出した。浩太君は神妙な顔つきで受け取り、包みをしげしげと眺めた後で、

「うむ。確かにおまえの愛の結晶、受け取った」と頷いた。そのまま「愛なんぞ入ってない」という雫ちゃんの声は無視して、「さらばだ」と商店街の方へ行ってしまった。

なんというか色気もへったくれもあったものじゃなかった。幼馴染みとなると、案外こ

んなものなのだろうか。

「これこそ夢がないな」

僕はストーブで暖まった店の中に入りながら、つぶやいた。

「あいつ、あげないとすねてあとで面倒くさいしさ。三年くらい本気で根に持つの。なにしろ中二のときにあげ忘れたこと、いまだにぐちぐち言ってくるんだから」

雫ちゃんは制服のプリーツスカートからにゅっと突き出た太ももを、無造作にかいて冷淡に言う。

「雫ちゃんもさ、ひとの恋路の心配してないで、たまには自分のことも心配したら？」

「わたし、そういうのあんま興味ないもん。それに店も忙しいし、家事もやらなきゃだしね」

雫ちゃんの家は事情があるとかで（お母さんはいま海外で暮らしているそうだ）、マスターと彼女の二人暮らしだ。そのため、ほとんどの家事を担っているのは彼女だという。何気にすごい子である。コーヒーが飲めなかったりと、子どもっぽいところも多々あるくせに。

「そんなことよりさ、今日、千夏さん、来るよね？」

「どうして？　日曜でもないのに」

「そりゃ決まってるじゃん、修一君にチョコを届けにだよ。しかも絶対手作りだよね。千夏さん、器用だし料理もうまそう」

そんな発想は雫ちゃんに指摘されるまで少しもなかった。僕と雪村千夏の関係は、そんな甘酸っぱいものじゃない。決定的に何かが違う。でも思いがけずそんなことを言われ、僕の声はうわずった。

「か、勝手に決め付けるんじゃないよ」

「いんや、間違いないよ。だって千夏さん、修一君のこと大好きじゃん」

あくまで自信満々に雫ちゃんは言う。

ついさっき、僕が浩太君に「興味ない」と断言したのは、モテない男の負け惜しみというわけじゃない。単純に子どものころから周囲よりも醒《さ》めていた僕は、そういう習わしが好きになれないのだ。

ところが雫ちゃんにそう断言されてしまうと、どうも落ち着いていられない。雪村千夏が自分のために手作りのチョコレートを渡しにくるところをつい想像してしまう。彼女はいつものあの、はにかんだ笑顔を浮かべるだろう。頬を赤らめて、前髪をいじるだろう。その図は、まるで子どものころに好きだった絵本を眺めているみたいに、僕の心を和ませた。

「お、シルヴィー、期待しておりますな」

僕の頭のなかを覗き見たかのように、雫ちゃんはにやにやといやらしい笑みを浮かべ、茶々を入れてきた。

「誰がシルヴィーだ。期待もしてないし」

「別に隠すことないじゃない。いいじゃん、わたしはずっと千夏さん推しだったんだから。むしろ修一君がときめいてくれて、うれしいよ」

「ときめいてない」

僕はすぐに否定してみせたが、雫ちゃんは、はいはい、と取り合ってくれなった。

けれど、その日、雪村千夏は一向に姿を見せなかった。

日が暮れ、夜がじりじりと迫って来ても、ベルを鳴らして現れるのは、彼女以外の別の誰かだった。冬の日暮れのなんと早いこと。空は容赦なく黒く染まっていく。僕はなんてことない顔でいつもの業務をこなしていたが、心中では気が気でなかった。なんでこんな気持ちにならなければいけないのだ。もとはといえば雫ちゃんがあんなことを言いだしたからだ。僕はトルンカの看板娘を心の内で呪った。

六時が過ぎたころ、ドアが勢いよく開いて、「こんにちは」と若い女の声が響いた。僕と雫ちゃんは一斉にその声の主を見た。

「なんだ、絢子《あやこ》ねえちゃんか」

雫ちゃんは露骨にがっかりした声を出した。絢子さんはこの近所に住んでいて、商店街にある生花店で働いている。中高年の客の圧倒的に多いトルンカには貴重な、若い常連客でもある。さっぱりした性格の面白いお姉さんだが、残念ながら僕らが求めているひとではなかった。

「えー、なによ、雫ったら。私じゃいけないっつうの？」

「いけないっつうか、ねえ？」

雫ちゃんが僕に罪をなすりつけようとするので、慌てて首を振った。

「いやいや、そんなことないですって」

「なにさ、二人して感じ悪い。〈ドアを叩け、さすれば開かれん〉って格言を知らんの？」

「知らない」

僕らは声を揃えて言った。絢子さんは世にあふれる優れた格言をノートに書き留めるのが趣味とかで、なにかにつけこうして引用してくる。格言マニアを自称するだけあってその知識量はものすごいが、使いどころを微妙に間違っている気もする。

「冷たいなあ、せっかく雪のなか来てやったのに」

「え、雪降ってんですか？」

絢子さんの発言にびっくりして、僕は声を上げた。

「まだそんなでもないけど。でも夜まで降るっぽいよ」

窓を開けてトルンカ通りを見てみると、絢子さんの言うとおりだ。積もるほどの勢いはないが、夜の闇のなか、白くてちらちらしたものが空から次々に舞い落ちてくる。これはもう、来ない。絶対来るはずがない。

落胆する僕の横で絢子さんが「あー、さむ。私もコーヒー飲んでとっとと帰ろ。〈生きるとは呼吸することではない。行動することだ〉っていうしね」とまたおかしな格言を繰り出した。

そうしてとうとう閉店時間の九時を過ぎてしまった。窓の外では雪がいまだ降り続く。

さすがに雫ちゃんも認めざるを得ないようだったが、閉店作業をしながらも実はまだ納得がいっていないらしい。

「来なかったねえ」

「まあ、元気出しなよ。多分仕事が忙しかったんだよ。それか前世は性別が逆だったから、修一君がくれるのをわくわくして待ってるんだよ」

そうか、僕が彼女にチョコレートを届けるべきだったのか。それなら明日、朝一でチョコを買って……、いや、違う。なんでそうなるのだ。なんだか待ち疲れして思考が麻痺して、この子の無茶苦茶な論理にあやうく乗せられるところだった。

そのとき、不意にベルがカラコロと鳴った。

「まだ、大丈夫ですか？」

僕はあやうく心臓が止まりかけた。水色の傘を手に息を切らせてドアから顔をのぞかせたのは、今日一日待ち続けたひと、まぎれもなく雪村千夏本人だった。雫ちゃんは彼女の姿を認めた途端、完全におかしなテンションになって「来た来た来た来た！」と大物が喰いついた釣り師みたいな声を上げた。

「おや、千夏さん。どうしたの？」

今日がバレンタイン・デーだということにとうとう最後まで気付かなかった哀れなマスターが、カウンターの奥から顔だけのぞかせて彼女に声をかけた。

「すみません、すぐ帰りますのでちょっとだけよろしいでしょうか？」

彼女がとても申し訳なさそうな声で訊ねると、

「かまわないけど？」

マスターは不思議そうにしつつも了解した。

「良かった。あの修一さん」

そう言って僕に視線を向けると、小走りで駆けてきた。雪のなかを走ってきたからか、彼女の綺麗に切りそろえた髪は乱れていた。白い雪が彼女の黒い髪と肩で、溶けながらきらきらしている。僕はそこから目が離せない。ランタンのオレンジの明かりを受けて光るそれは、まるで宝石みたいに美しかったのだ。

「仕事で遅くなっちゃったんですが、あのこれ、チョコなんですけど、よかったら……」

雪村千夏はなんだか叱られるのを恐れている子どもみたいに、おっかなびっくり僕に紙袋を差し出してきた。

「あ、どうも」

自分が無意識に耳に手をやっているのに気がついた。この前、彼女に指摘された通り、照れるとこうしてしまう癖が昔からあるのだ。ということはつまり、いま僕が照れていることを、このひとには丸わかりなのではないだろうか。だが、それは杞憂《きゆう》のようだった。なにしろ彼女は彼女で、せっせと前髪を引っ張ることに夢中だったのだから。

「今日の朝つくってみたんですけど、あんまり上手にできなくて。形も崩れちゃってるし。美味しくなかったら、遠慮なく捨ててしまってください」

「いえ、ちゃんと食べます。どうもありがとう」

僕が本心から礼を述べると、雪村千夏の頬が面白いくらい一気に赤らんだ。それを隠そうと、抜け落ちちゃうんじゃないかと心配になるくらい前髪を強く引っ張る。

想像したときと違って、僕の心はそれを見ても和みはしなかった。もっとざわざわとした気持ちがこみあげてきた。髪にのばしたほっそりした冷たそうな手に触れて、温めてあげたかった。

ちらりと横を見ると、雫ちゃんが、こうなることはすべて知ってましたよ、といまにも言いだしそうなしたり顔で、うんうん、と頷いていた。

そんな些細な出来事が少しずつ、その晩の雪のように僕の中に降り積もり、僕らの関係は冬の終わりに合わせて確実に変わっていった。あの年末の、はじめての出会いがまるで嘘のように。

気がつけば僕らは、日曜日には一緒に帰るのが習慣になっていた。

一緒に、といっても本当にただ駅までの道を一緒に行くだけで、大した話をするわけでもない。僕らはぽつぽつと言葉少なに会話を交わした。

ある日曜には、彼女は愛読書である「赤毛のアン」のアンの養父であるマシューじいさんがどれほど魅力的な人物であるかを必死に語った。彼女によれば、「マシューは照れ屋で勤勉で優しくて、いつだってアンを包み込むように見守っていて、とにかく愛さずにはいられないひと」なのだそうだ。マシューの人柄についてはいまいちピンとこなかったが、彼女がいかにマシューを愛しているかは十分伝わってきた。

またある日曜には、猫好きだという彼女に、僕が野良猫たちをよく見かけるポイントへ案内した。知らない民家の塀や物置小屋の上で、鬱陶しそうにこっちをねめつけてくる猫たちにむかって、彼女は律儀に「はじめまして」とお辞儀して、僕を大いに笑わせた。そんな日曜を繰り返すたび、彼女のことをまたひとつ知っていった。

普通に考えれば、それは実にまどろっこしく、じれったい時間だったかもしれない。世の中には男女が、もっと手っ取り早くお互いの距離を縮める方法なんていくらでもある。でもそれは僕らにとって——少なくとも僕にとっては——なんだかとてもふさわしいような気がした。

僕が知り得たところによれば、雪村千夏は真面目で、謙虚で、不器用なひとだった。そして悪意というものをまるで持っていない。他人の悪口を言うこともなければ、穿《うが》った見方で物事を単純に決めつけたりもしない。

彼女と一緒にいると、僕は自分までもが良い人間になれるような気がした。一緒にいると、いつもよりずっと穏やかな気持ちで世界を見ることができる気がした。世界をいつも斜《はす》から見ようとする自分とは反対の、まっすぐに世界を見つめる澄んだ瞳が、素直に羨ましく、またとても素敵だと思えた。

そうして彼女への関心が高まっていく一方で、めぐみへの恋慕が次第に思い出へと変わっていくのを感じていた。もうめぐみは僕のかつての恋人であり、その思い出はやさしくて、ときどき胸をちくりと刺すものになりつつあった。

新しいはじまりによって、別のひとつのことが静かに終わっていく。そんな喜ばしくも寂しい予感を、僕は冬の終わりを通してずっと感じていた。

ところが、だ。

三月も半ばを過ぎたころ、雫ちゃんが気になることを不意に口にした。

「ねえ、修一君、千夏さんに何か変なこと言ったりした？　なんか千夏さん、先週来たとき元気なかったよね」

自分たちの関係は実に好調だと信じて疑わなかった僕は、耳を疑ってしまった。彼女はいつものように無口だったし、いつものように大人しかったが、そこにいままでとの違いなんて感じなかった。

「だってシルヴィーとエティエンヌの話も全然したがらなかったし」

「それは僕には良いことのように思えるんだけど」

雫ちゃんはまだ最初の彼女の印象を引きずっているのかと、笑って言った。あれはただ、ちょっとした気の迷い。僕の中ではそんな風にすでに片づいていた。口にしなくなったのは、もうそんな妄言で僕の気を引く必要がきっとなくなったからに違いない、と。

「うーん」

それでも雫ちゃんは納得いかない様子だった。

「それだけじゃなくて、なんか落ち込んでるっていうか、考え込んでるっていうかそんな感じだったんだよ。だから修一君が何か言ったんじゃないかって思ってさ」

僕は首を横に振った。実を言えば、来週にでも彼女を誘ってみようと考えていた。

そう、もうそろそろステップアップしてもいいんじゃないかと、腰の重い僕もようやく思いだしたのだ。というより本音をいえば、日曜のほんのわずかな時間に話すだけではもうさすがに物足りなくなってきてしまったのだ。だからホワイト・デーを口実に、どこかへ誘いだそうと目論《もくろ》んでいたわけだが、あくまで計画の段階。まだ口には出していない。

「そっか。なら別にいいんだけどね」

最後には雫ちゃんも、気のせいだったかも、と納得したようだった。それで別の話題に移ったので、僕もそれ以上気にかけず、あっさりと忘れてしまった。

次の日曜日、いつもより僕はちょっと緊張していた。それでトルンカ通りを抜けて商店街に出るや、相手の様子を窺うこともなく、すぐに誘いの言葉を切りだした。

今度一緒にどこか遊びに行きませんか。

だがその言葉に、彼女は僕の期待とは裏腹の表情をした。

明らかな、困惑。

「え、それはあの、えっと……」

雪村は下を向いて、もじもじと身をよじらせる。照れているのなら一向に構わないが、そうではない。彼女は困っていた。

「あ、まずかったですかね……?」

慌てて訊ねると、

「いえ、そんなことは……」

そう答えるが、完全に答えに窮している。

僕は表面的には冷静を取り繕っていたが、内心ではすっかり取り乱していた。いままでの二人のやりとりを鑑《かんが》みて絶対の自信を持っていたため、まさかこんな反応が返ってくるなど夢にも思っていなかったのだ。

「チョコレートのお礼をかねてと思ったんだけど……」

「え、チョコ? あの、あれは私が日ごろの感謝の気持ちを伝えたくて勝手に修一さんに押し付けたものですから、お礼をしてもらういわれは……」

歯切れ悪く発した彼女の言葉は、あまりに僕をがっかりさせた。僕にとってはあんなに感動的な出来事だったのに、彼女からしたら自分が「勝手に」しただけのことだというのだ。なんだよ、それ。はしゃいでいたさっきまでの気持ちが一気に冷めていく。

そのまま一言も喋らないまま御殿坂を越え、駅まで着いてしまった。僕らは曖昧な別れの言葉を交わし、ぎくしゃくとした空気をその場に残して、別れた。

そのあとの一週間、大きな落胆と後悔を抱えて過ごすはめになった。

何がいけなかったのだろう？　なぜ彼女はあんなおかしな態度になったのだ？　いくら考えてもわからなかった。思い当たることがまるでない。僕らは傍から見ても、決して悪くない関係だった。それがもう一歩こちらから距離を縮めようとしたら、拒絶された。

一体、なんだっていうんだ。

そんな風に悶々《もんもん》としているうち、再び日曜日がやってきた。

帰り道、何を話せばいいのかわからなかった。

先週あんなことがあったとはいえ、その日曜も雪村千夏はまたいつものように現れ、いつものように夕方になると席を立ち、僕もそれに合わせて店を出た。そして僕らは（というより少なくとも僕は）いくぶん気まずさを感じながらも、いつものように商店街を歩いた。

ずっと口を閉ざしていた彼女が不意に僕の名前を呼んだのは、商店街の終わり、夕焼けだんだんという名がつけられた短い階段にさしかかったところだった。

「あの、修一さん」

「少し、少しだけお時間もらえませんか？　お話ししたいことがあるんです」

雪村は俯《うつむ》いて、鞄の肩ひもを指先が赤くなるほどぎゅっと強く握りしめていた。

「なんですか……？」

動揺を隠すこともできず、うわずった声で訊ねた。一体、何をこれから彼女が話そうとしているのか見当もつかない。ただ、彼女の顔を見ただけで、それが大切な話であることだけは伝わってきた。そして間違いなく、僕が喜ぶ類《たぐい》の話ではない。

夕日を全身に受けた雪村はかたく口を結び、どう切り出すべきか迷っているみたいにコンクリートに落ちる自分の影を見ていた。

商店街はいつもと変わることなく陽気な音楽が流れていて、平穏な空気に包まれている。深刻な顔をしている彼女は、その場にひどく不似合いだった。

「わかりました。どこか話しやすいところに行きましょう」

「すみません……」

先に立ち、少し先にある公園まで歩いた。こぢんまりした公園だ。申し訳程度に滑り台とブランコがあるだけ。まだ外は明るかったが、すでに園内の外灯がともっていた。もう、あと三〇分もしないうちに暗闇に包まれてしまうだろう。

僕は一歩後ろをついてくる雪村をブランコの側のベンチまで導いていった。幸いなことに、もうこの時間に外にいてもそれほど寒さを感じない季節になっていた。

「寒くないですか？」

「大丈夫です」

雪村はようやく顔をあげると、小声で言った。

「すみません、いつもいつも、ご迷惑ばかりかけてしまって。この間も、遊びに行こうなんて気をつかわせてしまって」

気をつかわせたって……。そんな風にあの言葉は思われていたのか。それってあんまりだ。僕ががっくりと肩を落としかけたところで、彼女はさらに驚くべきことを口にした。

「でも、これで最後ですから……」

「……最後って、なんですか？」

静かな公園には不釣り合いな声を、思わず上げてしまった。

「おそらく修一さんは、この話を聞いたらもう私と会いたいと思わなくなってしまうと思います。だからトルンカに行くのは、今日で最後にしようと決めたので……」

どうしてそんな極端なことにならなければいけないんだろう。僕に対して、そんなにも後ろ暗い秘密があるとでもいうのか。でも、そんな秘密を持てるほどに、僕らはまだ親しくないのではないか。

「私、嘘をついてました」

彼女は膝の上できつく握りしめている両手に視線を注いでつぶやいた。

「嘘、ですか？」

「はい、前世で会ったことがあると言って」

さっきまでの重苦しい空気も忘れ、吹き出してしまいそうになった。そんなことなら前から知っている。むしろ彼女が嘘だと自覚していないのではないかと、そっちの方が心配だったくらいなのだ。僕はすっかり気が楽になりかけたのだが、

「違うんです。でも会ったことがあるのは本当なんです。ずっと言わなきゃ言わなきゃと思っていたのに、勇気がでないまま、こんなに引き延ばしてしまって……。本当にすみません」

彼女は全く予想外のことを口にした。

「ごめん、意味がよくわからないんですけど」

「私たち、本当は子どものころに会ったことがあるんです」

「は？」

僕は反射的に雪村の顔を見た。彼女も顔を上げ、こっちを見た。すでに日も落ち、彼女の顔を外灯の明かりが異様なまでに白く照らしている。遠くで犬が短く、わんと吠えた。

「修一さん、前に話してくれましたよね。お父さんに連れられて女の人の家によく行っていたって」

「あ、ああ、うん」

「私もあの場にいたんです」

「雪村さんが？」

「はい。修一さんはあのころのことはどのくらい覚えていますか？」

「あんまり……というか、記憶にあるのは、その家によく連れられていってたってことだけです」

あのとき、僕は四歳くらいではなかったか。そういう体験をしたという事実はいまも根強く心に残っているが、細部まで覚えているわけではない。

「そうですか……。修一さんは私よりもずっと小さかったし、それに思いだしたくもないことでしょうから、それが当たり前ですね。でも私もそこにいたんです。その女というのが、私の母だったんです」

呆然と彼女を見つめた。とてもじゃないが信じられなかった。そんなことってあるだろうか。雪村千夏が、親父の愛人の娘？　けど僕らは少し前に東京で偶然出会って……。だが彼女はそもそもそれが違うのだと言う。

「偶然ではないんです。私、修一さんのことずっと探してました」

「え？　……なんのために？」

僕が戸惑いを隠せず訊ねると、

「ただ、会いたかったからです」

彼女は躊躇《ちゅうちょ》なくそう答える。

それから、少し長くなるけどいいでしょうか、と前置きすると訥々《とつとつ》と語りだした。

「母は、娘の私がいうのもなんですが、とてもだらしのないひとでした。いえ、昔は違ったんです。だけど父と離婚したころから生活は一変してしまって……。母はいろんなひとをあの家に、引っ張り込んでました。そうやって男のひとに愛されていないと、不安でたまらないようでした。いま考えれば、母はあのころにはもう、心の病を患っていたんですね。

修一さんが覚えていなくても、私は当時のことをよく覚えています。修一さんは確かに、お父さんに手を引かれ、母と私の住む家によく来ていました。母は、修一さんのお父さんを招き入れると、私と修一さんに外で待っているようにと命じました。私は人見知りの激しい子どもで、修一さんともすぐに打ち解けることはできませんでした。でもいつもあの場にいると泣き出してしまいそうな修一さんを見ていたら、それじゃあいけないと勇気を出して、親しくなれるように努力しました。その甲斐もあってか、次第に私たちは仲良くなっていったんです。

修一さんは、それはもうとびきり可愛い男の子でした。私は、もし弟がいたらこんな感じなのかな、と勝手に思ってはくすぐったい気持ちになってました。私たちは前の通りでチョークで絵を描いたり、近くのどぶ川まで探検に出かけたりしました。修一さんはいつも私のあとをちょこちょこと小走りで付いてくるんです。私はお姉ちゃんなんだから、この子は絶対自分が守らないと、なんてひとりで意気込んでたものです。

あのころの私は、どうしようもなく夢見がちな子どもでした。本が好きで、それに影響されて空想ばかりして、それをまるで自分の人生に起こったことみたいに考えてしまうんです。本当の私の父は大富豪で、仕事で外国にいるけど近いうちに会いに来るんだとか、私の家の庭には秘密のトンネルがあって、そこは別世界につながっているんだとか。あるとき、お父さんを待ち疲れて泣き出してしまった修一さんにふとそんな話をしたら、とても面白がってくれたんです。それからはしょっちゅう話を聞かせてと、せがんでくるようになって。私は調子に乗って、今度またあの子がきたらこんな話をしよう、あんな話をしよう、と毎晩寝る間も惜しんで考えたりしていました。馬鹿ですね、でも、修一さんが笑ってくれるのが本当に嬉しくて……」

彼女は僕のことをちらりと見て、一瞬、ふふふ、と穏やかに微笑んだ。ゆるい風が彼女の前髪をくすぐるように、吹きぬけていった。

彼女がこんな穏やかな、親しげな微笑みを僕に向けてくることが以前にも何度かあったことがふと思い出された。

彼女は僕の中に、かつての幼かった僕を見ていたのだろうか。だが、その笑みはほんの一瞬彼女の表情に留まっただけですぐに消えてしまった。

「母はそんな私を見て、『あの子がよっぽど気に入ったのね』と笑っていました。そして『もう少ししたら、本当の弟になるかもしれないよ』って。私はそれを聞いて、手がつけられないくらい興奮しました。そうなったらどんなに素敵だろう。新しいお父さんと弟と私たちとで、きっととびきり素敵な生活がはじまるんだと考えただけで、通りまで駆けて行って踊りだしたい気分でした」

風がまた小さく吹き、彼女の前髪を揺らした。

「だけど、秋の終わりごろを境にして修一さんのお父さんは、ぱったり来なくなってしまいました。修一さんともそれっきりに……。一度、母にそれとなく訊ねてみたら、猛烈に怒りだしてしまって……。それ以降、母がその話をすることもなかったし、私ももう訊くことはありませんでした」

雪村はそこまで話すとしばらくの間、口をつぐんだ。はあ、と小さな、けれどひどく重たそうな息を吐く。

夜の公園には、いまはもう僕たち二人しかいなかった。辺りは静かだ。夜空に星が鈍く光っている。遠くから車の走行音が低く、鈍く、耳鳴りのように聞こえてくる。どこか遠くで犬がまた短く吠えた。

「それは……本当のことなんですよね？」

僕は彼女に再度、確認せずにはいられなかった。

「そうです。誓って、本当のことです」

「そうですか」

記憶をまさぐって、あのときのことを思いだそうとしてみる。でもうまくいかない。確かに僕はあそこで自分と近い年の子と話したりした気がする。それが女の子だった気もする。でも、それ以上はだめだ。まるで記憶に蓋がされてしまったように、ぼんやりとした情景しか浮かんでこない。

僕はひどく暗い気持ちになっていた。雪村千夏の話は——仮にそれがすべて事実だとしたら——僕にとってもかなりきついものだった。なにしろ、すべては自分の父のせいなのだ。彼女とその母が新しい家庭を築けると期待し、夢見て、それが裏切られたとき、どんな気持ちだったのだろう。二人はどれほど失望しただろう。僕の父親は、どうしてそんなひどい仕打ちができたのだろう。

雪村は僕のそんな気持ちを察したのか、静かに首を横に振った。

「修一さんのお父さんだけが悪いわけじゃありません。私の母だっていろんな打算があったんだと思います。やってくるのは、修一さんのお父さんだけではなかったし……。そして最初からうまくいきっこないと心ではわかってもいたと思います。母は、ただ弱いひとだったんです」

僕は無言のまま、曖昧に頷くしかできなかった。

「それからずいぶんあと、おととしのことです。長いこと心と体を患っていた母がいよいよ長くないという話になりました。私は、思いきって修一さんのお父さんのことを訊いてみました。この機会を逃したら、もう二度と聞けることはないのだとわかっていましたから。『ずいぶん昔のことを知りたがるのね』と母は笑っていましたが、教えてくれました。母が、修一さんのお父さんの経営する店でその時期働いていて、次第にそういう関係になったことなんかを。

私は母に教えてもらった店を、ある晩、訪れてみました。私が知りたかったのは、ただひとつ。修一さんがいまも元気でいるか、それだけでした。そこで修一さんのお父さんに、息子さんの昔の知り合いだと説明して、彼はいまどうしているのかと訊ねました。そうして修一さんが東京にいること、谷中という場所のどこかにある喫茶店で働いているということを知ることができました。私はそれを聞けて、勇気を出して訪ねてきてよかったと心底思いました。遠い街だけど、あの男の子が、ずっと気にかかっていたあの子が、元気でいるとわかったんですから」

「ひょっとして」と僕は口を挟んだ。「それで僕に会うために、東京に出てきたんですか？」

雪村は、俯いたまま前髪に手を伸ばし、そうなのかもしれません、とつぶやいた。

「最初は、そんなつもりはこれっぽちもなかったんです。でもさっきも言った通り、母がそんなとき他界しました。すると私は、驚くべきことに気付いてしまったんです。自分がここにいなければいけない理由は、もうひとつもないんだということに。私は、ふと東京に行ってみようかと考えました。そこには修一さんがいる。人生を振り返ってみても、私には心から笑えた記憶というものは、ほとんどありません。だけどあの一時期は私にとって本当に大切な思い出で……。辛かったときも、どれほどあの思い出が私の力になってくれたか……。深く考えていたわけじゃないんです。でもいつの間にか、私の心は決まっていました。そうすることで何かが変わるんじゃないか、そんな風にあのときは思えて……」

そうして、ほとんど何も持たずに東京に単身出てきた。折よく新しい工場の勤め先もこの近辺に見つかった。一年と、少し前のことだという。

「私は仕事がお休みの日曜になると、この界隈を歩き回りました。正直、会えるとはそれほど期待していませんでした。上京してから知ったんですが、このへんにはたくさん喫茶店があるし、ただ谷中のどこかというヒントだけでは、とても探し当てられるとは思えなかった。まだ働いているという保証だってありませんでしたし。それでも私は休みの日にはこの近辺を歩き、新しいお店を見つければ必ず訪ねてみました。一年もそんなことを続けて、もうそのころには修一さんを探すという目的も薄れかけて、ただの日課になりつつあったんです。でも去年の暮れ、偶然に、本当に偶然、トルンカを見つけて……」

彼女はそこで一度口を閉ざし、ちらりと僕に目をやった。目が合うと、また下を向く。

「入ってすぐは修一さんだとは気付けませんでした。考えてみたら私が知っている修一さんはほんの小さな子どもで、その私の記憶だって月日が経つごとに薄れていってしまってるんですものね。でも、修一さんがコーヒーを運んできてくれて、目が合ったときに一瞬で細部まで記憶がよみがえりました。思わず、叫んでしまいました。『やっと会えた』って。いままで生きてきた中で、こんなに嬉しいと思えたのははじめてだったかも……」

僕もあのときのことははっきり覚えている。

確かに彼女は、僕と目が合った瞬間、その言葉を興奮した面持ちで口にしたのだ。

「でも修一さんに本当のことを言ってはいけないと思いました。修一さんにとっては辛い思い出のはずだし、私のことを覚えているかもわからない。混乱させてはいけないと思いました。それに何よりも、子ども時代の一時期のことを覚えていて、東京にまで探しに来たなんて知ったら、修一さんはきっと気味悪がるんじゃないかと思ったから……」

「それで、前世の話になったんですか？」

あまりに話が結びつかなくて、僕は思わず訊ねてしまった。

彼女が本当のことを告げられなかったのは理解できる。確かに、僕は彼女があのときありのままを話したとしても喜ばなかっただろう。幼少期の嫌な思い出をほじくり返されて、腹を立てさえしたかもしれない。そして彼女を遠ざけようとしたかもしれない。だが、だからといってどうしてそんな話になってしまうんだ？

「本当に咄嗟《とっさ》でした。いま考えるとどうしようもなく、愚かなことでした。でも、あのときほかに自分が淀みなく説明できることが思いつかなかったんです。私は普段は自分でも呆れてしまうくらい口下手ですから……」

彼女はあまりに懸命に話していたせいで、まるで呼吸をするのを忘れていたかのように大きく息をつき、言葉を続けた。

「だけどさっきも言ったように、想像したことならいくらでも話せます。実際、修一さんにした話も、私が修一さんと会えなくなった後で、二人は実はそういう関係だったんだ、だから私たちは運命でつながっていていつかまた再会できるんだ、なんて空想したことなんです。そうです、私、きっと頭がおかしいんです。その手の話をしていると、次第に本気で信じ込んでしまうんです。現実の惨めな自分から逃げたくて、いつもそんなことばかり考えているんです……。

修一さんが、私のめちゃくちゃな話に戸惑っていたこともわかってました。でも本当のことを言って二度と会えなくなってしまうくらいなら、頭のおかしい人間だって思われても会える方がずっとよかった……。だけど修一さんは、そんな私にさえ優しくしてくれて。一緒に遊びに行こうなんて気をつかってまでくれて。勝手なのはわかってるんですが、だんだんそれが申し訳なくて、どんどん苦しくなっていって……。もうこれ以上、騙すような真似をしてはいけない、終わりにしようって……」

　彼女の声は話しながらも次第に弱々しくなっていき、最後はかき消えてしまいそうなほど小声になって、そして本当に消えてしまった。

　僕らは長いこと、黙っていた。少なくともこのひとは嘘だけはついていない。そのつたなくも真剣な話しぶりから、それはよく伝わった。

　では自分はそれを聞かされ、いまどんな気持ちなんだろう。雪村千夏に対して怒っているかと言えば、決してそういうわけでもない。だが一方で、何かが彼女に慰めの言葉をかけるのを拒んでもいる。僕は、隣に座る彼女を直視できないまま、風にかすかに揺れる乗り手のないブランコにじっと視線を向けていた。

「私の話はこれで全部です」

　先に口を開いたのは彼女の方だった。彼女はふうと胸に息を吸い込んでから、おもむろにベンチから立ちあがると、僕に向かって深々と頭を下げてきた。

「お時間とらせた上に、こんな不愉快な話をしてごめんなさい。許してもらえないことはわかってます。だから私のことと、今日話したことは忘れてしまってもらえないでしょうか？」

「いや、でも……」

　何か言うべきだと口を開きかけたが、彼女がそれを遮った。

「いままで本当にありがとうございました。おこがましいと思いますけど、修一さんがこれからもずっと元気でいられること、心から祈ってます」

雪村はそう言うや、僕の言葉も待たずに勢いよく駆けだした。脇目もふらずに公園の出口へ走っていく。そして、あっという間に闇に飲まれてしまった。僕は夜の公園にひとり残され、ただ茫然《ぼうぜん》とその場に立っているしかなかった。

「なんだよ、それ……」

彼女が見えなくなってから、怒り混じりにつぶやくのが、僕にできる唯一のことだった。

「え、なんで？」

翌週の日曜日。雪村千夏はもうトルンカには来ないと告げると、雫ちゃんは困惑した顔で僕を見た。

「なんでもう来ないの？　修一君が何か言ったの？」

「違うよ」

「ほんとに？」

「ほんとだよ」

「じゃあなんで？」雫ちゃんが僕の顔を覗き込んで真顔で訊ねてくる。「そんなのおかしいよ。あんなにトルンカに来るの、楽しみにしてたのに……」

「彼女が自分でそうするって決めたんだよ。嘘じゃない」

雫ちゃんにこんなことを伝えるのは心苦しかったが、伝えないわけにも当然いかなかった。案の定、雫ちゃんの表情はみるみる曇っていってしまう。雫ちゃんは助けを求めるように、定位置であるカウンター奥に控えたマスターに目をやった。

「修一、本当なのか？」

マスターがいつもより低い声で訊ねてきた。僕はそれ以上何も言う気になれなくて、黙って頷いた。

「そうか。千夏さん本人がそう言ったんなら、仕方ないな。ここは喫茶店なんだ。来るも来ないも、そのひとが決めることだ。俺たちが決めることじゃない。ほら、雫も突っ立ってないで閉店準備手伝え」

マスターの声は厳しくはあったが、どこか寂しさも感じられた。マスターにそんな声でぴしりと言われてしまうと、雫ちゃんももう何も言えなくなってしまったようだった。ぎゅっと口を結び、テーブル席の片づけに戻った。

その後、どの日曜日にも、もう雪村千夏は姿を見せなかった。雫ちゃんのお菓子の缶の中に、新しいバレリーナが増えることもない。人形はまだ十体も集まっていなかった。

三月が夢だったように過ぎ去り、新しい月を迎えた。

谷中霊園では、薄いピンクの花を咲かせた桜が、見事な桜のトンネルをつくりあげていた。商店街は花見帰りのひとたちも加わり、連日大いに賑わいをみせている。そんな街中を歩いていると、冷たい風が吹き抜ける商店街を二人して歩いていたのは、何年も昔のことのようにさえ思えた。

それでも日曜日になれば、雫ちゃんだけは雪村千夏が今日は来るんじゃないか、と期待して待っていた。携帯電話に何度か電話をかけてみたりもしたらしい。でも、いつもすぐに留守電に切り替わってしまうのだそうだ。

まったく、この子ときたら。僕はそんな彼女を見て思った。どうして赤の他人の、ただ自分の父親が経営する店に何度か来たことのあるひとに対して、こんなに親身になれるのだろう。早く忘れてしまいたいのに、毎週そんなしょげた顔をされたら僕だっていつまで経っても忘れられない。僕にだってどうしたらいいのか、本当のところはわからないのだ。

今日も来なかったね。

店が終わったあとで、雫ちゃんが春の雨の降る窓の外を眺めながらつぶやいた。ここ三週ほど、毎回これが続いている。僕はそんなとき何も答えないようにしていたのだが、とうとう根負けして訊ねてみた。

「雫ちゃん、前に言ってたね。雪村さんが自分の知ってるひとに似てるって。それは誰？僕も知ってるひと？」

雫ちゃんは少しだけ微笑みを浮かべ、ううん、と首を横に振った。長いポニー・テールの毛先がふわふわと一緒に揺れる。

「修一君の知らないひと。そのひとね、もうずいぶん前に死んじゃったんだ。だから、もう会えない。わたしのとても大切なひとだったんだけどね。でもさ、それはもう関係ないんだよ。ただのきっかけだっただけ。それとは別にさ、わたしは千夏さんっていうひとが好きなんだ。不思議だよね、少し前までは全く知らないひとだったのにさ、いまじゃ千夏さんのいない日曜日はとても寂しく感じられるんだもんね」

そうなのか。彼女は自分の親しい誰かに、雪村千夏を重ね合わせていたのか。そんなこと、ぜんぜん知らなかった。

「千夏さん、元気かな？」雫ちゃんは窓辺に寄りかかって、雨をそっと眺める。「日曜日は何してるんだろう。一人ぼっちじゃないといいね。余計なお世話かもだけど、千夏さんが一人ぼっちでいるの嫌だな。好きなひとが一人なのはさ、わたし嫌だな」

雫ちゃんの言葉に、ちくりと胸に鋭い痛みが走った。

自分より年下の女の子にこんなこと言わせちゃいけない。うちの看板娘にこんな顔させちゃいけない。なにより僕自身、こんな終わりじゃ釈然としない。

いま、彼女は何をしてるんだろう。一人ぼっちの日曜日。トルンカで見た、彼女のあのはにかんだ笑顔や、前髪をいじる仕草、白い雪の降る中を息を切らせ店に駆けこんできた姿。いままで見たそんな姿や表情が、鮮明に頭の中に次々浮かんでは消えていく。

「そうだね。好きなひとが寂しいのは、嫌だね」

僕は雫ちゃんの頭をぽんぽんと叩いた。

もちろんその手は、すぐに払われてしまったけれど。


工場に着いたのは、六時過ぎだった。

そのくらいが彼女の勤務の終わる時間だと以前聞いていたので、そこをわざと狙って行った。だだっ広い敷地が広がる工場の前に大きな桜の木が立っていたが、すでに花はあらかた落ちてしまっていた。花びらが風に舞い、弧を描くように足もとを流れていく。

無謀にも勢いだけで来てしまい、重々しく閉ざされた鉄門の前でどうしたものかと迷っていたが、しばらくすると建物の中から作業員らしき女性の一団が列をなして現れた。そのまま照明に煌々《こうこう》と照らしだされた外廊下を別の建物に向かって歩いていく。

彼女は、その中にいた。鼠色の作業服と帽子を身につけた彼女は、わいわいと楽しげに喋るほかの作業員たちの後ろを、背中を丸めるようにして歩いている。

その姿は、ひどく小さく見えた。とてもとても、小さく見えた。

ここで呼んだら注目されて気まずい思いをさせてしまうのでは。そう思って街灯の下から身を引こうとしても、彼女から目が離せなかった。その場に棒立ちで、僕は彼女の横顔を見ていた。すると不意にその顔がこちらを向き、思い切り視線がぶつかった。

しまった。そう思ってももう遅い。雪村は遠くからでもわかるほど取り乱し、こちらへ小走りで駆けよってきた。

「こんばんは」

僕は鉄門越しに努めて明るい調子で声をかけた。でも彼女のほうはすっかりうろたえている。

「ど、ど、どうしました？」

「すみません、お邪魔しちゃって」

「いえ、それはいいんですけど……でもどうして？」

「この前、まだ話の途中で帰っちゃったじゃないですか。だから少し話がしたくて」

「え……、あの私、全部お話ししたつもりだったんですが……」

「雪村さんの話はそうかもしれないけど、僕はもう少し話したいんです」

付き合ってもらえますか、と僕が訊くと、彼女はいまにも泣きだしてしまいそうな表情ではあったがこくりと頷いてくれた。

まだ残業があるという彼女に、一番近くにあるファミレスを待ち合わせ場所に指定して、工場を出た。それから二時間後、八時半をまわったころに、「お待たせしてすみません」とレストランに現れた彼女は、鼠色の作業服から白のブラウスに、水色のロングスカートという女の子らしい姿に変わっていた。やっぱり彼女にはこういう格好がよく似合うな、と思う。

「雪村さん、夕飯食べました?」

僕はテーブルの向こうでずっとうつむいている彼女に訊ねた。

「え? あ、はい。休憩中に軽く済ませましたけど……」

「じゃあ、ちょっと場所変えません?」

「は、はい……。あの、どちらへ?」

「トルンカ」

僕が言うと、彼女はいっそう表情を曇らせた。

「え、でも私、もうあそこには……」

「行きましょうよ、ね? コーヒー、淹れますから」

僕は半ば強引に彼女を立たせ、レストランから出た。

「こんばんは」

すでにCLOSEの札がかかっている扉を開けて声をかけると、煙草を吸っていたマスターが「ぬお！」と短い悲鳴をあげた。

閉店後に雫ちゃんが二階の自宅に戻ったあとで、こっそり煙草を吸うのがマスターの日課なのだ。雫ちゃんは健康上の理由から、マスターが煙草を吸うのを快く思っていない。というより見つけるとブチ切れる。

「ちょっと借りてもいいですか」

僕の後ろに立つ雪村千夏を認めたマスターは、おやという顔をしたが、察してくれたらしい。「戸締りだけは忘れんなよ。それと煙草のことは内緒な」とだけ注意すると、証拠隠蔽《いんぺい》とばかりに吸殻をゴミ箱奥深くにねじこみ、二階へ上がっていった。

部屋の中は暑くもなく寒くもなく、ちょうど良い温度だった。僕は雪村を真ん中のテーブル席に座らせると、厨房で二人分のコーヒーを用意した。すでにショパンのBGMも止められた店の中は静かで、電動ミルが豆を挽く音がいつも以上に大きく響いた。

数分ののち、カップに二人分のコーヒーを注ぐと、試しに一口飲んでみた。温かな液体が、ほのかな苦味を口中に残して胃にすべり落ちていく。我ながら悪くない出来だと思う。

「あのう……」

僕がコーヒーを運び、対面に座ると、彼女は待ちわびていたように口を開いた。

「はい」

「私のこと、怒ってないんですか？」

「怒ってます」僕は断固として言った。「怒ってるから会いに行ったんです」

それを聞くと、彼女は罰せられるのを覚悟するようにぎゅっと目を閉じて下を向いた。

「勘違いしないでください。あなたが打ち明けた内容に関して怒ってるわけじゃないんです。そりゃ気持ちを整理する時間は必要だったけど、怒ってたわけじゃない」

雪村が目を開けて、まるで理解できないといった顔をする。僕は、冷めちゃうからと、彼女にコーヒーを飲むよう勧めた。

「僕が頭に来たのは、あなたが最初から、僕に許してもらおうとか、わけを聞いてわかってもらおうとか、そういう気持ちを持ってなかったからです。あなたは話す前から心を閉ざして、決めつけて、逃げた。それにね、すごく腹が立ったんです」

「それは、あ、あの……」

何か言おうとする彼女を申し訳ないと思いつつも制し、言葉を続けた。

「でね、どうしてこんなに腹が立つんだろうって考えてみました。それでずっとあとになって、僕も同じだったからだってことに思い当たったんです」

「同じ、ですか？」

最初に儀礼的に口をつけただけでカップをずっと両手に抱えた彼女は、話の行きつく先が予想できない様子で僕に訊ねた。

「実はね、半年前に付き合ってた子にふられちゃったんです。その子のこと、すごく好きだったし、大切にしてるつもりだったけど、彼女に別れ際に言われたんですよ。『修一君は私に全然心を開いてくれない。私にいつも遠慮して、疑って、殻にこもってる。それがすごく寂しかった』って。そう言われたのがものすごくショックで。自分では気付かなかったけど、無意識でそうしてたみたいなんです。きっと僕は、ひとを好きになるって気持ちを、まだどこかで信じることができていなかったんです」

そう、僕はめぐみのことを大事にしているつもりだった。けれどそれはとても独りよがりで、彼女には届いていなかった。そのことに最後まで気付けないまま、自分で自分の大切だったものを壊してしまった。その事実が、とても、とても、ショックだった。

「あの日、あなたがね、最初から『もう今日で最後にする』って勝手に結論を出して、僕に何も言わせてくれなかったことに、すごく悲しい気持ちになったんです。悲しくて、とても虚《むな》しい気持ちになった。そしてずいぶんあとになって気がついたんです。自分も恋人だったあの子に同じことをしてたんだ、と。ようやく彼女の言葉の意味を理解できた気がした。つまり、あの日公園であなたが帰ったあとに無性に腹が立ったのは、かつての自分の姿を見せつけられたような気がしたからだったんです」

僕はそこまでひと息で話しきると、一口コーヒーを飲んだ。先ほど淹れたコーヒーはいつの間にか、だいぶぬるくなってしまっていた。

こんなに包み隠さず、自分の気持ちを話したのは一体いつ以来だろう。ひょっとしたら、生まれてはじめてのことなんじゃないだろうか。こんなこと、目の前のこのひとには関係ないし、されたところで困惑されるのもわかっている。でも彼女に、あの夜のあとから今日まで自分がどんな気持ちでいたのかを伝えたかった。僕は彼女に自分の気持ちを理解してほしいと思った。そして彼女の気持ちも理解したいと思った。そんな簡単なことが、いままでの僕にはできなかった。

「正直に言うと、あなたが僕を探してくれて、東京にまで出てきて、一年もかけて会いに来てくれたこと、嬉しかったんですよ。自分の知らないところで、そんな風に僕みたいなやつとの思い出を大切にしてくれてたひとがいたことに、胸のあたりが熱くなった」

「だけど……気持ち悪くないんですか？　私、絶対そう思われると思って……」

雪村は僕の言葉が到底信じられないというように、怯えた声で訊ねた。

「そりゃ驚きはしましたけどね。ものすごく驚いたし、混乱した。でも気持ち悪いなんて、そんな風には思わないですよ。前世の話をされる方が正直ずっと気味悪かった」

こちらとしては冗談のつもりだったのだが、彼女が「それは……本当にすみませんでした、本当にごめんなさい」と目に見えてしゅんとしてしまったので、慌ててフォローした。

「いや、いいんですって。そんなに謝らないでください」

「でも……」

「いいんです。あなたがどんな気持ちでそんなことを言ったのか、もうよくわかったから」僕は彼女に笑って見せた。「それに謝らなきゃいけないのはこっちです。僕も、あなたにどうしても謝りたかったんです。あなたと、あなたのお母さんに」

「え？」

僕は居住まいを正し、わずかに底に黒い液体の残った自分のカップを脇にどけると、きっちり彼女に向き合った。

「うちの親父がひどいことしてごめんなさい」

これだけはけじめとして、どうしても彼女に謝りたかった。僕は誠心誠意、テーブルに鼻がひっつくくらい頭を下げた。

「そんな、そんな。私も母も、修一さんのこと恨んだりしてませんから」

「でも僕の気が済まないから」

「むしろ私は感謝してるくらいなんです。だってそのおかげで私と修一さんは知り合えたんだから」

彼女は、だからどうか頭を上げてください、と泣きそうな声で言った。それから、あの、実は、とためらいがちに言葉を続けた。

「これは言うべきかどうか迷って結局前は話さなかったんですが、修一さんのお父さん、母の入院先に何度もお見舞いに来てくれてたんですよ」

「え、そうなんですか？」

その言葉はあまりに効果てきめんだった。僕は反射的に頭を上げてしまった。

「私が修一さんのお父さんに会いにお店に行ったって話はしましたよね。実はそのとき、私が母の娘だということ、すぐに見破られちゃったんです、顔立ちが母によく似てるって。それで母はどうしてるのかと訊ねられまして……。母は修一さんのお父さんに最期に会えて、少し泣いてました。おまけにうちが貧窮しているのを知って、『今はこれしか用意できなくて悪いけど』って治療費と入院代の足しにしてくれと、お金まで差し出してくれて。断っても『頼むから受け取ってくれ。またかき集めて持ってくるから』って。結局お言葉に甘えて、ありがたく使わせてもらったんです」

「そうなんだ……」

この前といい、彼女の口から出てくる話には心底驚かされる。まったく参ってしまう。

彼女はそんな僕の困り顔を見て勘違いしてしまったらしく、申し訳なさそうに肩を縮こまらせた。

「でも、きっとそのせいですよね、修一さんの学費が払えなくなったのって。私、満額揃ったら、修一さんのお父さんにきちんとお返ししますので」

「いやいや、違いますよ。というより、もし仮にそうだったとしてもかまわないです。だから返す必要もない。いまの話を聞けて、ちょっとだけ救われた気がします。あの人にも少しは人間の心があるってわかったし、雪村さん親子の助けにわずかでもなったんなら僕も救われる。正直いまの話を聞かせてもらえるまでは、完全に縁を切るつもりでしたから」

雪村はまたも迷った顔で、

「修一さんには申し訳ないことばかりしたって言ってました。でも謝りたくても、合わせる顔がないって」

と僕のまったく予想外のことを口にした。ここまで意外すぎると達観した気持ちになってくる。もちろんそれでわだかまりがすべて消えるわけなどないのだが、それでもいくらか胸のつかえがとれた気はした。

「そんなら今度、一発ぶん殴ってやろうかな」

「ええ？　あ、あの、暴力は……」

「冗談です」予想通り慌てる彼女に、僕は笑って言った。「だけどそのくらいする権利はあるかなって」

「でも、殴るのは……」

「しませんって。暴力は僕も嫌いです。いつかちゃんと話してみます。いつまでも逃げてたってしょうがないから」

そんな風に思えたのも、ある意味では目の前にいるこのひとのおかげに違いなかった。いつまでも嫌なことから目をそむけていても何もはじまらないと、彼女に教えられた気がする。本人はおそらく僕がそう言っても、きょとんとしてしまうだろうが。

夜はどんどん深くなってくる。振り子時計の針はもう十時過ぎを指している。明日も朝早いであろう彼女を、あまり引き留めるわけにもいかない。

「なんだかおかしな方向に話が逸れちゃった。そろそろ帰らないとまずいですよね。でも最後に、間違ってるかもしれないけど、ひとつどうしても訊きたいことがあるんです」

「え、な、なんでしょう？」

彼女は僕の言葉に再び緊張し、姿勢を正した。

あのころのことで思い出せることはいまだにほとんどないけれど、ひとつだけふと胸に浮かんだ言葉があった。彼女に会えたら、それを確かめてみたいと思っていた。

「ひょっとしたらですけど、僕は昔あなたのこと『ちぃちゃん』っていつも呼んでませんでした？」

僕がその呼び名を口にした瞬間、対面に座る彼女の肩がびくっと震えた気がした。そして一瞬大きく目を見開くと、両手で素早く顔を覆ってしまった。あまりに突然のことだったので何かまずいことを口にしてしまったのかと慌てたが、少しの間を置き、

「そうです……」

手の隙間から絞り出すような声が漏れてきた。

やがて彼女は肩をぶるぶる震わせて、すすり泣きをはじめた。ずっとこらえていたものがあふれだしてしまったような、静かで激しい泣き声だった。音楽も消え、おそろしくしんとした店の中に、その声が響き渡る。

「私は修一さんのこと、『しゅうちゃん』って呼んでました」

なぜだろう。震え声の彼女がそう言うのを聞いた途端、胸の中に一瞬にして温かいもの

がこみあげてくる気がした。涙が、零《こぼ》れ落ちそうになった。僕はどうにかそれをこらえると、声をあげて泣き続ける彼女の傍らに立ち、その背中をそっとさすった。

「そっか。僕たち、前世じゃなくても本当に会ってたんですね。いまね、すごくそれを実感した。とても大切な記憶だったはずなのに、忘れてしまってごめんなさい」

彼女は顔を覆ったまま、何度も激しく首を横に振った。

「あのね、雪村さん。僕、まだ言ってなかったことがあるんです。聞いてくれますか?」

埋めていた両手の隙間から、涙で濡れた大きな瞳がこちらを見る。

「僕はあなたのことが好きです。とても好きです。だから、もう会わないとか、勝手に決めないでください。それじゃあ僕は嫌なんです。そんなの耐えられないんです。もしあなたが僕のこと大嫌いで顔も見たくないっていうなら、諦めます。でも違うんなら、『これで最後』なんて決めないでください。そんな悲しいこと、ひとりで決めないでください。僕はこれからだって雪村さんに会いたい。いままでみたいに、いや、もっとずっとあなたのそばにいたいんです。駄目ですか?」

「駄目なわけ、ないです。そんなこと、あるわけないです……」

彼女はそう言うと、また両手に顔を埋め泣きだしてしまった。

「じゃあ、またこの店に来てくれますか? 雫ちゃんもマスターも、あなたがここに来てくれるの、待ってるんですよ」

「私、いいんですか？　修一さんに……また会いに来ても……みんなにまた会いにここに来てもいいんですか……」

「こっちの方がお願いしてるんです」

僕は彼女の背中から伝わる温度をたしかに手に感じながら言った。

「嬉しい……、こんなどうしようもない私なのに……」

「そんなわけないじゃないですか。そんなこと言っちゃ駄目です」

「だけど……私……」

「あなたはどうしようもなくなんかない。僕は知ってます、あなたのこと、全部知ってるとはいえない。でもこれだけはわかる。あなたはどうしようもなくなんかない。そんなこと言う奴が仮にいても、僕は絶対に信じない」

そうきっぱりと言った。だって僕はとっくにそれを知っている。雪のように少しずつ積もった日々が、過ぎ去ったたくさんの日曜日が、それを教えてくれたのだ。

雫ちゃんが大切に集めているお菓子の缶の中のバレリーナを、彼女はまだ知らない。あのバレリーナは彼女そのものだ。ふと、そう思った。繊細で、やさしくて、でもひとりじゃどこか寂しげで、危うくて。

だから僕は、彼女をひとりにしない。

そのために、僕はもう少し強くなろう。彼女がこれまでひとりで抱えてきた痛みや悲しみをやわらげられるくらいに。彼女の心のより所に、わずかでもなれるように。そのために僕はもっと他人の痛みのわかる人間になろう。いつか、踊り子たちのアーチが完成するそのころまでには。

誰かのために、そんな風に変わりたいって思えるのはなんて素敵なことだろう。

「ねえ、こんなときこそ言いましょうよ」

いまだ泣きやんでくれない彼女の顔を覗き込み、僕は明るい声を出した。

「え?」

雪村千夏が、ちぃちゃんが、わずかに顔を上げる。

「『ゼロ災で行きましょう』って」

その言葉に、僕の大切なひとはようやく小さな微笑みを見せてくれた。

僕は、とっくに冷めてしまったコーヒーを淹れなおすため、大急ぎで厨房に走っていく。

再会の街

この店には三十数年ぶりに訪れた。

いや、正確にはかつての喫茶店ではない。俺がそこに足しげく通っていたころ、ここは「ノムラ珈琲《コーヒー》」という名前で、店主はもう八十は軽くいっているであろう、背骨の曲がったばあさんだった。

夏の盛りは埃をかぶったエアコンが悲鳴をあげるような音を響かせめいっぱい稼働していたが、座っているだけでもじっとりと背中に汗をかいた。冬は店の隅に置かれた石油ストーブの火が真っ赤に燃えていたが、隙間風が容赦なく吹き込んできて辟易《へきえき》した。

それがいまでは、住宅街の路地を抜けた終点には〈純喫茶トルンカ〉というおかしな名前の店があるのだった。スピーカーから流れるのは当時ラジオでよく流れていたホール・アンド・オーツから、ショパンのピアノ曲へ。ばあさんももちろんいない。店主は四十後半くらいの、いかつい顔の男だ。

その事実に俺はもの悲しさを覚えた。

が、さすがに落胆まではしない。

あの日から、取り返しのつかないほどの月日が流れたのだ。むしろそこに喫茶店が変わらずあるだけでも驚くべきなのだ。なにしろ当時、ノムラ珈琲はいつのれんを畳んでもおかしくないくらいひとの入りがなかった店だ。俺があの店に好んで通ったのも、いつ行かなるときも空いていて、どれだけ長居しようと誰にも文句を言われる心配がないのが主な理由だった。

それでも。

ここだけはあのころと何も変わっていないんじゃないか、店を訪れる前はそんなひそかな期待を抱いていた。ここにくれば、かつてのすべてがまた何事もなかったように動き出すのではないか。店の扉をくぐれば野村《のむら》のばあさんが腰を曲げて、「あい、いらっしゃい」と出迎えてくれ、中は相変わらず人気《ひとけ》がなく、暗くどことなく陰鬱《いんうつ》で、夏は蒸し暑く、冬は底冷えがして、俺はいつもの奥の四人席へと吸い込まれるように進んでいく——。

この場所だけは時の魔法をかけられてしまったかのように、俺が再び訪ねるまでずっとそのまま眠っている、そんな期待。

もちろん、そこには早苗《さなえ》がいるのだ。あのころの若々しい姿で。俺もだらしなく肉がついて重たくなった体からするりと脱皮し、かつての俺に戻る。若くて、無鉄砲で、まだ失う怖さというものを知らなかった俺に。

やれやれ。

俺はトルンカのカウンター席に座って、そんな幼稚な幻想を振り払うようにかぶりを振った。目の前に置かれた白磁のカップの中に残ったコーヒーは、すっかり冷めてしまっている。覗き込むと黒い液体に、輪郭のぼやけた俺の顔が映り込む。俺はそれから目をそむけるように、ぐっと一息に残りを飲み干した。

「おかわり、ご用意しましょうか？」

厨房の中から不意に声が上がった。店主だ。ここ数日、ほぼ毎日この店に通っているが、はじめて声をかけられた。

「このところごひいきにしていただいてるし、ごちそうさせていただきますよ」

俺はカウンターの反対側に立つ店主を仰ぎ見た。店主はいかつい顔に、嫌味のない笑みを浮かべてこちらを見ている。笑うと案外、子どもっぽい顔になる。痩せてはいるが筋肉質な体型に、浅黒い肌、いつも糊《のり》のきいた白のワイシャツに黒いエプロン姿からは、品のよさと清潔感が漂っている。

平日の昼間から毎日のようにコーヒー一杯で長居する、見るからにくたびれた五十過ぎの男を、この店主は内心どう思っているだろう。いいや、よそう。そんなことを気にしてなんになる？

「……もらえるか」

「はい。ブレンドで？」

「ああ」

俺が頷くと、店主はさきほどとは打って変わって真剣な表情で、新しいコーヒーの準備に取り掛かる。

小さな店だ。場所も商店街を折れ、両側を民家に囲まれた路地の奥と、おそろしくわかりづらい。ここ数日の様子からして、客も近所のじいさんばあさんがほとんどらしい。だがその動きと真剣な眼差《まなざ》しから、自分の仕事にプライドを持っている様子が率直に伝わってくる。真摯《しんし》に、誠実に自分の仕事に向き合っている男の姿。俺は彼にかすかな羨望を覚える。

「なあ」

俺は彼の姿を目で追いながら、本当に久しぶりに自発的に口を開いた。

「なんでしょう？」

「この店はいつできた？」

銀色にきらめくドリップポットを手にした店主は、こちらには目もくれず、豆の粉が入ったフィルターに円を描くように湯を注いでいく。やがて中のコーヒー豆が店主の想いに応えでもするかのように、こんもりふくらんでくる。

「そうですねえ。もう二十年以上になりますね」

「二十年……」

「ええ。もともとここには別の喫茶店があったんです。ご夫婦でやられていたんですけど、ご主人がなくなってからは奥さまがお一人で。でもその奥さまももうお年で、そろそろ店じまいをということになりまして。私は以前からご夫婦と知り合いだったものですから、その話を聞いて買い取らせていただきまして」

「そのばあさんは？」

「店を引退されてからは、この近くの自宅に住んでいたんですけど、もう十二年前になるかな、亡くなりました」

「そうか……」

小さなため息がでた。しかし、それも時の流れがもたらす当然の帰結なのだ。

「野村のおばあさんとお知り合いで？」

「知り合い、というほどじゃない。昔、その店によく行った」

思えば、ばあさんと個人的な話をしたことなど一度もない。あい、いらっしゃい。あい、ブレンドお待ち。いつもありがとね。ばあさんが俺にかけた言葉といえば、その程度だし、俺の方はただ黙して頷くばかりだった。

「ああ、あのお店の常連さんでしたか」店主は俺の言葉に思いのほか、反応を示した。「実をいうと外観は変えましたけど、内装はおばあさんの店、かなりそのままを使わせてもらってるんですよ。何しろあの店の雰囲気が私はすごく好きだったもので」

「どうりで、雰囲気が残っている」

店の中を改めて見回してみる。テーブル席に設《しつら》えられた飴色につやつや光る木製の椅子、くすんだレンガ調の壁、天井からぶらさがる飾り気のない吊りランプ、トイレ前に据え付けられたピンクの電話。俺同様、昔より大分くたびれてはいるが、みんなあの当時のものだ。

だが雰囲気は以前とは比べ物にならないほど明るくなっていて、ほの暗い雰囲気が特徴だったあの店と決定的に違う。ノムラ珈琲は風がつくり出す吹きだまり、一方でトルンカは風の通り道。そんな印象だ。

「いやあ、うれしいですね。ノムラ珈琲の常連さんに来ていただけるなんて。このあたりに住んでいらしたんですか？」

俺は小さく首を横に振った。

「知り合いがな。俺は二駅先の町に住んでいた」

「ああ、そうでしたか」

ここから谷中銀座商店街を道なりに歩き、よみせ通りを抜けると、さんさき坂という名の大きな坂に出る。早苗の住んでいた二階建てアパートは、その坂の途中にある小さな銭湯の、すぐ裏手にあった。

数日前、俺はそこにも立ち寄ってみた。意外にも銭湯はいまだ営業しており、近隣も昔の雰囲気そのままだったが、アパートだけはなかった。代わりに狭い駐車場つきの三階建てマンションが建っていた。だがそれもまた、当然の結果。

俺がまた性懲《しょうこ》りもなく感傷的になりかけていると、「どうぞ、ブレンドです」と店主が新しいコーヒーを置いてくれた。ほのかに湯気を立てているそれをしばらく眺めてから、ゆっくり手を伸ばす。

「旨い」

俺がつい声をもらすと、小さく店主が頭を下げた。

この男の淹れるコーヒーは確かに旨い。舌にざらつくような雑味は皆無だし、後味もさっぱりしている。抽出時間が最適だからだろう、豆の旨さがきちんと伝わってくる。一口飲むたびに、体に沁《し》み込んでいく気がする。

これほど素直に旨いと思えるコーヒーは、俺の好みの味というのを差し引いても、ふらりと立ち寄った喫茶店でそうそう出てこない。この味だけは、ノムラ珈琲より遥かに上と断言できる。五〇〇円という値段設定もいまの時代にあって、かなり良心的だ。

ソーサーにカップを置くのと同じタイミングで、ドアベルがカランと涼しげな音を立てた。外の明るい日差しが店にさっと差し込み、次いで「マスター、こんちはー」と明るい声が上がる。

俺はちらりとそちらに視線を向ける。すらりと背の高い二十代半ばの女が、グレーのパーカにジーンズといういつも通りのこざっぱりした格好で、店に颯爽《さっそう》と入って来る。

「あ、絢子ねえちゃん、いらっしゃい」

厨房から、店主の娘だという少女がのれんを割って顔を見せた。

「やあ、雫」

俺はふっと視線を元に戻す。

決して声はかけない。視線を向けるのも、最初に彼女が入ってきたときだけだ。俺は自分のコーヒーカップをじっと見つめている。ドアが閉められ、俺の背中を彼女が横切って行く気配、それから少女と彼女の親しげな会話――。

「今日あったかいし、アイスティーもらおかな。てか、雫、あんた学校は？　まだ二時だよ」

「何言ってんの、今日は土曜日じゃん」

「あ、そうか。いやー、仕事柄、どうも曜日の感覚が狂っちゃうのよねえ」

「この自由人め」

「何をいうか、こう見えても案外大変なんすよ。〈少しの悲しみもない純粋な幸福など、めったにあるものではない〉ってね」

「でた、絢子ねえちゃんの変な格言」

「変とはなんだ、有名な詩人の言葉だぞ。ハイネに謝るがいい。それにしても雫、あんたはいつになったら、胸が成長するんだろうね。小学生のころと変化がない気がする」

「それ、絢子ねえちゃんにだけは言われたくないし！　つーかセクハラだし！」

「おっと、それは失礼」

あっはは と甲高《かんだか》い声をあげ、絢子はいかにも楽しそうに笑う。明るく、弾けるような声。

その声が、耳にこだまする。

俺は一体何がしたいのだろう。彼女がやってくるのをこうして待って、何になる？　話しかけるべき言葉も持たないのに。それに彼女は早苗ではないのだ。彼女に執着して、どんな意味があるというのか。

俺は自分に言い聞かすようにカップの残りを飲み干すと、立ち上がり、ぞんざいに会計を済ませ、逃げるように明るい外へ出た。

俺のこの三十年は、過ちの連続だった。過ちの上に過ちを重ね、さらに過ちで塗りつぶして行く、その連続。

そうして気がつけば坂道を転がるように落ち続け、いまでは何一つ持っていない。

最初の過ちを犯したのは、俺が二十一のとき。

それは、俺にとっての最大の過ちでもあった。つまり、早苗を捨てたことだ。

早苗は、俺が大学生だったころに付き合っていた娘だ。彼女は俺の下宿先の近くのクリーニング屋で働いていた。もちろんただの貧乏学生だった俺に、クリーニング屋は月の裏側と同じくらい縁遠い場所だった。だが大学一年の秋に東京の伯母が他界し、葬式に出る必要が生じた。俺は仕方なく一張羅《いっちょうら》のスーツを持っていった。そうして早苗と出会った。

ドラマティックな出会いとは程遠い。肩まである髪をひっつめにして化粧っけもない彼女をはじめて見たときは、地味で、垢《あか》ぬけない娘だとしか思わなかった。彼女と大して年も変わらないであろう、俺の通う大学の華やいだ娘たちとは、えらい違いだ。

だが一方で、俺は何か心惹かれるものを彼女に感じてもいた。それは、夜道を俯き加減でてこてこ歩きながら、なんとなく空を見上げると青白い月がさえざえと輝いて、はっとする――そんなときの胸騒ぐ気持ちに、少しだけ似ていたのかもしれない。

その奇妙な感覚をまた味わいたくて、その後も店に通った。クリーニングの必要があるとは到底思えない、色の褪《あ》せたトレーナーだとか、袖のほつれかけたジャケットを紙袋に詰め込んで。

そうして気がついたときには、彼女に本気で恋していた。やがて半年もの俺のアプローチが功を奏し、交際がはじまると、俺は自分の下宿にはほとんど帰らず、この街にある彼女のアパートに入り浸りだった。

すでに身寄りもなく、クリーニング店で生計を立てる彼女の生活はとても質素だった。部屋は西日がきつい畳敷きの六畳間。当時にしても若い娘が住むには、いささか寂しい。ほかの住人はガラの悪いのばかりで、ときどき諍《いさか》いの声なんかも薄い壁越しに聞えてきた。

それでも俺はその部屋が気に入っていた。早苗と部屋は、どこか似ていた。その畳のにおいに満ちた狭い空間に身を置いて、彼女が編み物に興じたり、料理をしたり、アイロンをかけたりしている姿を眺めていると、奇妙な幸福感に胸が満たされる気がした。

「ヒロさん」

彼女は俺のことを、少し鼻にかかる、丸みのある声でそう呼んだ。そのたびに俺の胸は小さく揺さぶられた。

ヒロさん、今日は何が食べたい？

ヒロさんは無口だもんねえ。

ヒロさん、ちゃんと大学行ったの？

ヒロさん、ずっと一緒にいようね。この先もずっとずっと、一緒にいようね。

俺は素直に彼女に応えるのが恥ずかしくて、いつもぶっきらぼうな返事ばかりしていたように思う。

彼女のいるこの街に愛着を抱くようになったのも、そのころだ。木造家屋ばかりの街並みに、狭い通り沿いにいろんな店が並ぶ活気あふれる商店街、あちこちに点在する寺院、小さくてくねくね曲がり、どこにつながるか予測がつかない路地。区画整理された小綺麗な住宅街とは違う、味わい深さがそこにはあった。俺は早苗を連れては気まぐれに街中を歩き回った。あの角を曲がると何があるのだろう、どこに行きつくのだろう。少年時代のような胸躍る気持ちで、街を探索した。

ノムラ珈琲は、そうした気ままな路地探索の果てに偶然見つけた店だ。やがて俺と彼女の行きつけの店となり、最終的には俺と早苗がアパートの部屋以外では、最も多くの時間を過ごした場所となった。

ブレンドコーヒー一杯、二三〇円。お世辞にも旨いとはいえない代物。それでも当時の俺たちにとっては、その一杯がなによりの贅沢《ぜいたく》だった。

だが一方で俺はあのころ、救いようのない野心家でもあった。生まれ故郷である、騒音と煙突に取り囲まれた工業地帯が大嫌いで、大学入学とともに東京に逃げるように飛び出してきた俺は、上京後もずっとくすぶった思いを抱えていた。いつか自分は大成するのだ、とひそかに夢見ていた。晴れの日でさえ太陽の光が満足に届かない、あんな薄暗い故郷で終わるような人間じゃないのだ、と。

早苗と付き合いだして、一年半ほど経ったころだろうか。ちょっとした転機が俺のもとに舞いこんだ。三泊四日の治験モニターのバイトに参加したとき、隣同士のベッドになった男に、一緒に事業をやらないかともちかけられたのだ。なんでもそいつの父親が貿易関係の仕事をしているとかで、そのコネを最大限に利用して、輸入業をはじめる。その手伝いをしないか、と。少しばかりうさんくさい話ではあったが、俺はその言葉に二つ返事で乗った。チャンスだし、なにより面白そうだと思った。

ヨーロピアン・アンティークなどという言葉自体知らなかった俺だが、仕事は拍子抜けするほどうまくいった。七〇年代の終わりから八〇年代にかけ、日本が急速に豊かになる中、西洋の古い家具や食器を求める小金持ちは国内にごろごろいたのに、そうした商品を安く卸せる業者は当時、ごく少数だった。インターネットはもちろん、携帯電話すらない時代だ。向こうで安く仕入れたただの置時計やライティングテーブルに、彼らは場合によっては仕入れ値の十倍以上の金を払った。一張羅のスーツに身を包んだただの学生の俺を、彼らはあっさりと信用した。俺のスーツの下が冷や汗でびっしょりだとも気付かずに。

たちまち忙しくなった。止まっていた歯車が突然、けたたましくまわりはじめた。いままで持て余していた時間が、喫茶店でくすぶっていた時間が、嘘のように仕事で埋まっていく。海外をあちこち飛び回ることも多くなった。

俺は、次第に早苗の部屋には寄りつかなくなっていた。

一週間、ときには十日以上。それでもときどきひょっこり顔を出せば、早苗は食事をつくって待っている。笑顔で「ヒロさん、お仕事ごくろうさま」と迎えてくれる。それが俺にはだんだん重荷になっていった。いつでも大人しく待っている彼女に、感謝の念より苛《いら》立《だ》たしさを覚えた。彼女の部屋が、この街が、急にみすぼらしい場所に感じられた。彼女の部屋の窓に明かりが漏れているのを路地から見上げて、自分はなぜこんなところで長いこと足踏みをしていたのだ、と不思議に思った。

そうして俺は、ある雨の晩を境に早苗のもとへは完全に戻らなくなった。

早苗なら大丈夫。彼女なら、俺なんかよりももっと良い男に出逢えるはずだ。あいつは俺のような野心でいっぱいの人間なんかといるべきじゃない。平凡な幸せこそ、彼女には必要なのだ。そんな都合の良い言い訳を自分にして。うしろめたい気持ちを正面から見据えずに済むように。

別れ際、白熱灯に照らされた早苗の頬には涙が光っていた。俺が謝罪の気持ちを込めていくばくかの金を渡そうとしても、彼女は頑として受け取ってくれなかった。「私にとっての一番のごちそうは、あの喫茶店のコーヒー、それもあなたと飲むコーヒーだったのよ」と、彼女はきっぱりとした声で最後に言った。

彼女に強い意志のこもった瞳で見つめられると、自分が間違っているのじゃないか、自分はとんでもない過ちを犯そうとしているのではないか、とすくみあがりそうになった。だが俺は湧きあがってきたそんな気持ちを振り切って、雨の降る通りへ飛び出し、彼女のもとから去った。

もう二度と、ここには戻らないと決めて。

仕事はうまくいった。事業は拡大し、小金持ち相手の仕事からもっと大口のものへと変わった。俺はそれなりの役職を与えられ、働くことにだけ喜びを見出した。

三十も半ばに迫ったころ、結婚話が持ち上がった。適度に女と遊びもしたが、それまで結婚など一度も考えたことはなかった。資産家でうちの会社の出資者でもあるじいさんの娘で、パーティーで何度か顔を見かけるうち、相手側が俺をいたく気に入ったのだという。

二度の離婚経験、自分よりもひとまわり近く年上、お世辞にもセンスが良いといえない華美な服装、と不安材料は大いにあったが、あまり気にはとめなかった。彼女の持つものが、彼女の後ろに透けて見えるものたちが、俺にはとにかく魅力的だった。

これが、俺の二つ目の大きな過ち。

彼女との結婚生活は三年ももたなかった。あまりにあっけなく破綻《はたん》した。彼女は数年後には別の男に入れこみ、俺の方ももともと大して持てなかった彼女への愛情が完全に消えていた。

ところが彼女は体裁を気にし、自分と離婚するのならば、いまの職場も去れと迫った。自分の顔に泥を塗るのは許さない、と。その言葉はつまり、彼女の父親のものでもあった。離婚をすれば、それまで必死に積み上げてきたものをすべて失うことになる。俺は彼女のご機嫌を損ねないように苦慮しながら、上辺だけの夫婦生活を強いられることになった。仕事にも、かつてほど気持ちを注げなくなった。そんな生活を六年も続けた。次第に俺は、仕事と彼女との生活という重圧から逃れるかのように、酒に手を出すようになった。

これが、三つ目の過ち。

酔っている間は、いろんなことを忘れられた。くだらない人間関係も、先の見えない未来も、たびたび去来する虚しさも。

　だが酔いがさめるとまた、目をそむけたい日常が襲ってくる。俺の酒量は少しずつ増えていき、しまいに仕事中にも飲むようになった。食べ物を口にしても、そのほとんどを吐いてしまう。それでもやめられない。

　そしてある日、とうとうぶっ倒れて、病院に担ぎこまれた。俺は仕事を失い、家も追い出された。

　それからはもうはどめが利かなくなった。ブレーキがぶっ壊れた機関車。金はまだ十分にあった。俺は昼夜問わず飲み続けた。うらぶれたアパートの一室にこもって、浴びるように飲んだ。飲みながら、こんな風になった自分と、世界を呪った。

　そして真夜中には、泣きながら思う。明日からは酒をやめよう、やめて新しく人生をやりなおそう。明日からは、しゃんとする。だから今日だけは。毎日がその繰り返しだった。鏡には、目が落ちくぼんだ、ぜんぜん知らない男が映っていた。

　そのころからだ。早苗のことを思い出すようになったのは。

　俺は酔いの中、彼女を恋しく思った。クリーニング店で働く姿。コーヒーカップを包むようにして持つ仕草。「ヒロさん」と俺を呼ぶときの、くすぐるような、甘い声。数十年のときが経っても、俺はそれを鮮明に思いだすことができた。

あのころが自分にとって一番幸福な日々だった。

そんな日々をあのころの俺はごみみたいに扱った。もう必要ないからと、ろくに考えもせずに、ごみ箱に放りこんだ。かつての自分を、俺は呪った。馬鹿だった。早苗を失ってまで手に入れたいものなんて、本当は何もなかったのに。そのことにいまになって気がつくなんて。

早苗に会いたい。

彼女の顔が見たい。あのやさしい声を耳にしたい。

だがどうして、こんな姿で彼女の前に立てるだろう、どうやってこのひどい顔で、あの街に戻ることができるだろう。

ある日、俺はよたよたと調査会社へと出かけていって、早苗を探してくれるよう依頼した。それで彼女に会いに行こうと思ったわけではない。ただ彼女がいま、どんな生活をしているのか知りたかった。失われた空白の時間を、彼女がどんな風に過ごしてきたのか知りたかった。去り際に俺が願ったように、ちゃんと幸せをつかんだのだろうか。

だがそんな俺に、調査会社から伝えられた事実は残酷なものだった。

早苗は、二年前に死んでいた。病気だった。再発した癌がいろんなところに転移し、助からなかった。

衝撃だった。酩酊《めいてい》した頭にもその事実はガツンと響いた。

早苗が死んだ?

そんなことがあっていいものか。

俺は調査会社の事務所で差し出された書類を目の前で細切れに破き、調査を請け負った男の首元に飛びかかって、喚《わめ》き散らした。

「この野郎! ふざけるな、俺がアル中だからってまともに調べもしてないんだろ? もう一度調べて来い!」

男たちはそう喚く俺をあっさりと押さえつけ、俺はあっという間に事務所から叩きだされた。破れた調査書と共に。これ以上ないほど惨めな気持ちで家に帰り、テープで張り合わせた調査書を見た。そこにはほかにも俺の知らない事実があれこれ書き記されていた。

俺が去って五年後に早苗が結婚したこと、あのアパートからさして遠くない場所で生活していたこと、子どもをひとりもうけたこと。そしてその子が、絢子という名だということ。

絢子、と俺はぼんやりした頭でつぶやいた。

早苗が遺《のこ》した娘。

気がつくと、俺は勝手にその名に救いを見出していた。

その名前は、暗い穴底に向かってはるか天から下ろされた一本の細い糸のように思えた。そうして俺は会ったことも見たこともない存在にすがるようにして、泥沼の日々からようやく抜け出す覚悟を決めたのだった。

あくる日もねぐらにしているビジネスホテルを出て、俺は性懲りもなくトルンカへ出向いた。

一体いつからこんなにこの商店街には観光客が来るようになったのだろう。かつてはわざわざこんな下町に遠方から観光にやってくる者なんていなかった。それもまた、時代の流れなのか。俺はひとであふれた通りを避け、並んだ民家の軒先から洗濯物がぶらんとのれんのように垂れ下がった狭い路地を歩いていく。終点に、外壁の三分の一ほどを緑の蔦で覆われた茶色い建物が見えてくる。

自分でもわかっているのだ。ここはもうかつての喫茶店ではない。もう早苗はいない。ましてや絢子がいたからといって、どうしようもないことは。

それでも悲しいことに、ほかに行く場所が思いつかないのだ。もう酒はとっくに抜けているというのに、俺はいまだ夢の中にでもいるみたいなふらふらとした頼りない足取りで、気がつくとここに来てしまう。

「いらっしゃいませ」

店主がおごそかな声で俺を迎える。ステンドグラスの窓からほのかに光が差し込み、青みがかった不思議な色に窓際の席は染まっている。俺はいつものカウンターの一番端っこの席へと進む。

絢子はいない。俺は少しがっかりした気持ちになる。いれば落ち着いて座っていることすらできないありさまなのに、いないと残念がるとは我ながら滑稽だ。

いまごろ彼女はよみせ通りにある生花店で、アルバイトをしていることだろう。何度かそこで目にしたから知っている。五月の陽光のような、まさに今日の天気のような明るさを振りまいて、客の対応をしている姿が目に浮かぶ。ほかの仕事、というよりも何か本業があるらしいが、そちらの方は知りようがない。

いつもの習慣で、ブレンドを頼んだ。店主が「はい」とこれもまた同じくいつもどおり静かに応じる。

昨日いくらか言葉を交わしたせいか、俺はこの店主に親しみを覚えていた。もう少しこの男と話してみたかった。

だが、この年でいうことでもないが、俺は昔から極度の人見知りだ。ぶっきらぼうで不愛想な話し方は、そうした自分がひょっこり顔を出して舐《な》められてはかなわぬと、任侠《にんきょう》映画の男たちの喋り方を真似ていたら染みついてしまったものだ。何十年もこの喋り方を通していたから、いまさら直しようもない。だから決して悪気はないのだが、果たしてこの男にはそれがちゃんと伝わっているだろうか。

「コーヒーは体に悪いというが、あれはどう悪いんだろうな」

会話のとっかかりのつもりで、ひとりごとのようにつぶやいた。しくじったか、と思ったが、店主は自分が話しかけられたのだと気がつき、こちらに顔を向けた。

「ああ、そういう話は昔からありますねえ」

「そうだな……」

「ええ……」

沈黙。

俺は、ううんと咳払いして言葉を続けた。

「その、あまり体がよくなくてな。こう、毎日、コーヒーを飲んでいいものかと思ってな」

「胃がよろしくないとか？」

「いや、そうじゃない」

「それなら問題ないと思いますよ」店主はにこりと応じた。「いまはカフェインには発癌性がないと認識されてますし。ただコーヒーには胃液分泌を促進する作用があるから、胃痛持ちの方には悪化させないためにも、あまりおすすめはできないですね」

「じゃあ胃が悪くなければ、気にすることもないわけか」

「ええ、昔は煙草とセットでコーヒーも体に害だなんて信じていたひともいたみたいですけど、煙草なんかと一緒にされたらコーヒーが可哀相です。少なくとも良い豆を使って、正しい淹れ方をすれば、健康に影響を与えることはほぼないかと。もちろん摂りすぎてよいものなんてないでしょうけどね。アルコールでも肉でもコーヒーでも、要はほどほどを心がけるってことでしょうか」

店主は、簡単なことですよね、と俺に微笑みかけた。

「ほどほど、か」俺は自嘲気味に言って、吐息をもらした。　数年前の俺は、そんな簡単なことさえできなかったのだ。

この街に戻ってくるため、絢子を一目みるため、酒を断つと決めて飛びこんだアルコール依存症専門病棟には、俺と同じか、それ以上に悲惨な連中であふれていた。簡単なことができなかった俺たちは、それ相当の報いをそこで味わうことになった。あそこにいた誰もが酒に手を出した昔の自分を恨み、過去の自分のもとに行けるなら、ぶん殴ってでも止めてやるのにと本気で願っていた。

まあ、いずれにせよ終わった話だ。俺は思いだしたくもない日々を振り払うようにかぶりを振って、会話に戻った。

「じゃあ、なんでコーヒーは体に悪いなんて、思ってる奴が多いんだ？」

「まあ、見かけからして体に良さそうには見えないですよね。それにコーヒー中毒なんていって、鬼のように仕事しながら、がんがん飲むひとがいるでしょう。そりゃまともな食事もしないで、毎日コーヒーばっかり飲んでれば誰だって体を壊しますよ。そういういろんなイメージが合わさったんですかねえ」

店主はコーヒーの話ができるのがうれしいのか、ただ話し好きなのか、一度話しだすと止まらない。

「それに昔は悪魔の飲み物なんて言われていたこともあったから、そういうネガティブなイメージが根強いのもあるのでは」

「悪魔の飲み物？」

興味を惹かれ、目の前でほのかに湯気を立てるコーヒーに手を伸ばしつつ訊ねた。悪魔の飲み物とは、俺にとっては間違いなく酒なのだが。

「十七世紀初頭まで、コーヒーはもともとイスラム教徒の飲み物で、イスラム圏以外のひとの多くはそれを不浄な飲み物として考えてたらしいんです。でも、ローマ教皇クレメンス八世――だったかな、が一口飲んで、その味にすっかり魅了されてしまったそうで。それで苦肉の策ってことで、コーヒーに洗礼を施し、不浄のものは取り去ったということにして、キリスト教徒が飲むのを認めたんだとか」

「コーヒーに洗礼？　馬鹿だな」

熱いコーヒーをすすりながら、笑ってしまった。悪魔の飲み物が聞いて呆れる。

「馬鹿ですね。でもそれくらいやってでも、教皇はコーヒーを飲まずにいられなかった、と。まさに悪魔に魅了されてしまったというわけですね」

「それで悪魔の飲み物というわけか。なるほどな」

トルンカという名前が最初はどうにも馴染まなかったが、コーヒーは旨いし、この男は案外ものを知っている。悪くない。

「あんたの話は……」俺は、ううん、と咳払いしてから言葉を探した。「なかなか興味深い」

店主は、それはどうも、と笑みをこぼした。俺はそれなりの賛辞を送ったつもりだが、果たしてちゃんと伝わったんだろうか。

まだ陽があるうちに店を出た。

久しぶりにまともにひとと言葉を交わしたからか、いつもより少しだけ気分がよい。ほんの少しだけだが。

水彩絵の具をのばしたような薄い水色の空の下、俺の足は路地を抜けると、自然とよみせ通りの方へ向かった。せんべい屋、薬局、魚屋といつもの順に店の前を過ぎ、そのうち甘い香りが漂ってきた。

絢子が働く生花店だ。

俺は少々浮かれすぎていたかもしれない。いつもならその前もちらりと横目で見て、そのまま素通りしているのに、つい足を止めてしまった。そして、色とりどりの花々をぼんやりと眺めた。花の種類など大して知りもしないから、チューリップやパンジーくらいしか見わけがつかない。黄、赤、紫、白。どれも日差しを受け、鮮やかな色彩を放っている。

「なにかお探しですか」

はっとして振り返ると、絢子がすぐ傍らに立っていた、いつものラフなジーンズスタイルに、店名の入ったエプロンをつけて。たっぷりと豊かで長い髪は後ろでひとつにまとめ、その顔にはまぶしい笑みが浮かんでいる。

「いや……」

彼女の近くでこそこそと息をひそめるように過ごすようになって、二週間。はじめて言葉を交わした。そうしたくないのに、まるで首元を見えざる手でぐっと固定されてしまったかのように正面から彼女を見据えてしまう。

絢子は俺の視線が自分に注がれているのに気が付き、不思議そうに首を傾げた。

「なにか？」

いや、なにも。

そう言いかけたとき、突然視界が歪んだ。気がつくと俺は地面に片膝をついていた。動悸が急激に速くなり、頭の中まで響いてくる。一気に呼吸が苦しくなる。

この街にきてからは、不思議と体調がよかったので忘れかけていた。アルコールによる肝臓の破壊はまぬがれた俺だったが、心臓は多大な負担をこうむっていた。その影響はいまだ続いていて、時折激しい波が押し寄せてくる。

だが、このタイミングとは冗談にもならない。

「ちょ、お客さん、大丈夫？」

頭上から取り乱した絢子の声が降って来る。俺は目を開くこともできないままで、「ああ……」と頷くのが精一杯だった。

「『ああ』ってぜんぜん大丈夫じゃなさそうだよ。ほら、立てます？」

彼女に腕を摑まれ、強引に引っ張り起こされた。そのまま重いはずの俺の体を細い肩に受け止め、店の中を突っ切って、パイプ椅子に俺を押しこんだ。

「何か飲みます？　お水とか？」

「いや、いい……。少しだけこうしてれば良くなる」

絢子と目が合った瞬間に発作がはじまるなんて、天国の早苗がぬけぬけとこの街に戻ってきた俺に罰を与えたのかもしれない。

そんな馬鹿げたことを、息も絶え絶えになりながら思った。ともかく、薬も持ってこなかった俺は、ただじっと痛みに耐えるしかない。

やがて波が引いていくように、動悸は静かに引いていった。だがすぐに揺り返しがくるだろう。ここにはいられない。俺は震える膝でどうにか立ち上がろうとした。

「ちょ、ちょっとちょっと。まだ休んでないと無理ですってば。〈用心とは、ときに最大の美徳にもなりうる〉って格言を知らないの。遠慮しなくたって、誰も文句なんて言わないから」

絢子は薄暗がりの中、俺を見下ろし、子どもに言い聞かせるような声で「ね？」と笑いかけた。

「ああ、だが本当にもう平気だ」

表から「すみませーん」と絢子を呼ぶ客の声がする。逡巡《しゅんじゅん》し、俺と店先を交互に見る絢子に向かって、平静を装い、客のところに行くように告げた。すぐに戻るから、ここにいてくださいよ。絢子にはそう念を押されたが、彼女が客の相手をしている隙に俺は立ち去った。

その日から三日ほど、病院に行く以外はホテルの自分の部屋で天井ばかり眺めた。発作は処方された薬さえ飲めば大分楽になったが、体は遠泳でもしたみたいにぐったりと疲れていた。

病院に久しぶりに顔を出した日、医者は「時間的猶予があまり――決めなくちゃいけない――あなたは若いし、おそらくは――」そんな言葉をつらつらと続けた。

俺は虚《うつ》ろな顔でほとんど聞きながしていた。

「あなたのためを思って、忠告させてもらってるんですがね」診察のあとで医者は投げ捨てるように言った。「でも沼田《ぬまた》さんご本人がそれじゃあ、どうしようもない」

そして哀れむようにため息をつき、お手上げとばかりに両手を宙に上げた。

俺は何も答えなかった。自分でもどうしたいのか、わからないのだ。

ホテルで天井を眺めてばかりいたら、さすがに外気に触れたくなった。

俺はひさしぶりにホテルを出た。今日も太陽が出て、暖かかった。空が高い。街路樹の桜の木はみずみずしい若葉を枝につけ、気持ちよさそうに風に身を任せている。

毎日穏やかな天気が続くせいで、同じ日を何度も何度もやり直しているのかと錯覚しそうになってしまう。ずいぶん前にそんなストーリーの海外の映画を見た気がする。ひとりの中年男だけが、時に置き去りにされ、延々と同じ一日を繰り返すのだ。まるで、いまの俺みたいじゃないか。結局あの男は、その無限世界の外へ出ることができたのだったか。思いだせない。

さんざん迷ったが、結局トルンカへと続く路地へ足は向いた。あの店主が淹れるコーヒーが、無性に飲みたい。

店に入り、いつものカウンター席へ。そう思ったが、そこはすでに中年の男女が座っていた。テーブル席に座るのは気がすすまない。出直すかと考えていると、

「あれれ？」

テーブル席の方から声があがった。

「あ、おじさん！」

慌てた様子でこちらにやってきたギンガムチェックのシャツを着た女を、改めて確認するまでもなかった。絢子だ。

絢子は店の連中の視線が一点に集まるのもおかまいなしで、大きな声で話しかけてくる。

「やっぱりこの前のおじさん」

「ああ……」

俺はどうにも居心地の悪い気持ちで答えた。彼女がここにいる可能性は大いにあった。だがまさか顔を覚えていて、話しかけられるとまでは思っていなかった。

「良かった、あのあと大丈夫でした？　なんか逃げるみたいにいなくなっちゃうんだもん。ずっと気になってたんだよ。まさかここで会うとはね」

彼女に心配をかけてしまっていたことが恥ずかしかった。だが、ここ二週間窺い見たこの娘の性格からして、心配しないわけがないのだ。それを心のどこかで知っていながらここに顔を出したということは、俺はやっぱり彼女に気付いてほしかったのかもしれない。情けなくて、いたたまれない。

「この間は迷惑をかけた。すまなかった」

せめて礼だけは言わねばと、叱られた子どもみたいにもごもごとした声を出した。彼女はそれを、あははとあっさり笑い飛ばした。

「そんな、迷惑ってほどのことじゃないけど。もう平気なんですか？」

「ああ」

――決めなくちゃいけない。医者の言葉がふと脳裏によぎったが、俺はただ頷いた。

「そっか、なら良かった」

「絢子ちゃん、こちらの方とはお知り合いなのかい?」

店主が――立花という名だとこの前はじめて知った――ドア前で話す我々の傍《そば》にきて、意外そうに絢子を見た。

「あ、マスター。うん、ちょっとだけね」

「そう。よければテーブル席へ案内しようか?」

絢子は立花の言葉に「んー」と少し考えてから、「〈人生とは出逢いであり、その招待は二度と繰り返されることはない〉ともいうしね。そうしよっか」とこちらに笑いかけてきた。俺はその笑顔に反射的に頷いてしまった。

「そんな格好で暑くないの? ほら、ジャケット脱ぎなよ」

絢子はテーブル席の前で戸惑う俺から、半ば強引にジャケットを剝《は》ぎ、それを壁のハンガーにかけた。自分同様にすっかりくたびれたジャケットが吊るされているのを見るのは、どうにも忍びなかった。

俺は何を話せばいいのかわからず、むっつりと黙りこんだ。立花の娘が運んできたブレンドを飲もうとすると、手が震えてうまく持てない。思わずまた酒の禁断症状がでたのかと狼狽《ろうばい》したが、そんなはずはない。もう一年も口にさえしていないのだ。動悸も、異常に速い。だが発作のそれとは別物だ。

どうやら俺は緊張しているらしいのだ。手のひらがじっとり湿っているのも、動悸が速いのも、すべてそのせい。そんな感情、ひさしく覚えたことなどなかったのに。早苗の娘を前にして、俺はどうしようもなく緊張しているのだ。

何も言えないままでいると、絢子はそれを俺が不機嫌だと勘違いしてしまったらしい。

「あ、なんか馴れ馴れしくてごめんなさい。この辺のひと……じゃないですよね？　生まれも育ちもこの街だから、近所のひととはみんな、タメ語で喋ってるから……」

「いや、いい」

俺はそっけなくかぶりを振った。

「ん？」

「だから、それでいい」

「そう、ですか？」

「だから、さっきまでの口調でいいと言ってる」

俺が必死に言うと、彼女はにっこりと微笑んだ。その笑顔を俺は直視できない。

「うん、わかった。そうさせてもらう」

彼女はそう応じると、私、本庄《ほんじょう》絢子です、年は二十六、と簡単な自己紹介をした。俺も名前だけ名乗った。絢子はさきほどの笑顔のまま、

「おじさんたら、私のこと、やばそうなねえちゃんだとか思ってない？　私だっていつでもこんなに馴れ馴れしいわけじゃないんだよ。でもさ、この街ってなんかのんびりしてるでしょう、だからどうも気がぬけちゃうんだよね。あ、ハムサンド食べる？　お近づきのしるしってことで、特別にひとつあげる」

俺が来る前に注文していたサンドウィッチを頰張りながら、感心するほどよく喋った。

「いらん。腹は減ってない」

本当は朝から何も食べていない。だが、何も喉を通りそうにない。

「そう？　美味しいのに」

はじめて絢子を目にしたとき、早苗にはそれほど似ていないと思った。小柄だった早苗と違って長身だし、そもそも放っている雰囲気が違う。早苗は、道端にひっそり咲いた花とでもいうのか、とても物静かで穏やかな娘で、絢子がまとう花屋の店先で咲き誇る花のような潑剌《はつらつ》とした明るさはなかった。

だが、血のつながりというのは、確実にある。近くで見ると、鼻や耳の形がよく似てい

る。喋り方はぜんぜん違うが、少し鼻にかかる声は響きがそのままだ。そしてなによりも、目を細めて微笑む表情には、早苗の面影がはっきりと感じられ、心が揺さぶられる。

俺のいまの心情を誰かが知ったら、そいつはなにも昔の恋人の娘に会ったくらいで、と嗤《わら》うことだろう。俺だって馬鹿げているとは思う。だが、五十年の人生でただひとり愛したひと、もう二度と会えまいと思っていたひとが、絢子という存在の中に確実にいた。その懐かしさと愛おしさに、俺の胸はかきむしられるようだった。

「んー？」

どうしたわけか、絢子はサンドウィッチをすべて平らげると、俺をいぶかしげな様子でまじまじと見つめてきた。

「あのさ、いまふと思ったんだけど、以前にも私たちどこかで会ったことある？　ずっと前とかにさ」

「いや、ない」

彼女の問いに面食らい、慌てて否定した。この二週間をのぞけば会ったことなど本当に一度もない。

「そっか、なんかおじさんとははじめて会った感じがしなくてさ。どっかで会ったことあるような気がしたんだけど、気のせいか」

絢子はそんなことをつぶやきながらミルクポットに手を伸ばすと、それをゆっくりとコーヒーに注いだ。白い液体が、黒い表面に渦を描いて静かに混ざっていき、やがてなめらかな茶褐色になる。そういえば、早苗もコーヒーにはいつもたっぷりとミルクを入れないと飲めないひとだった。ドリップ式コーヒーならばブラックこそ至高と思っていた俺は、彼女がそうするたびに非難めいた視線を送り、「ヒロさんが飲むわけじゃないんだから、いいでしょ」とすねられたものだ。

「ごめん、変なこと言って。なんか『どこかで会ったことない』なんて、使い古されたナンパの手口みたいだよねえ」

いやー、私、はじめて会ったおじさんのこと、逆ナンしちゃったよー。絢子は自分の頭をぺしっと叩いて、おどけてみせた。俺がまたも戸惑っているせいで、余計な気を使わせてしまったらしい。俺は、ふうと小さく息を吸い込むと、コーヒーをぐいとあおった。からっぽの胃に温かな液体が滑り落ちてくるのがわかって、気持ちが幾分落ち着いた。

「花屋で働いてるんだな」

「うん、アルバイトだけどね。あそこの旦那さんも奥さんも、子どものころから知り合いで、手伝わせてもらってる。一応イラストレーターが本職なんだ。まあ、それだけじゃ食べていけないってのが悲しいところではあるけど」

「そうなのか」

意外だった。早苗は縫物と編み物は得意だったが、絵だけはとんでもなく下手だったからだ。

「勢いでフリーでやってみたんだけどね。まあいろいろ大変でしたわ。先月にずっと続けてた仕事が終了しちゃって、いまは懸賞雑誌のカット描きが唯一の仕事だしねえ」

「そうか」

「おじさんの方はどうなの？」

「どう、とは」

質問の意味がわからず、問い直した。

「だから仕事とか」

「ああ……。少し前まで貿易関係をやっていた」

「へえ、いまは？」

「いまは……」

「あ、なんか余計なことまで訊いちゃった？」

「いや、そうじゃない。いまは何もしていない。それだけだ」

「そっか、うん、まあ、そういうこともあるよね」

下手なフォローをされると、情けなくなる。俺はまたコーヒーに口をつけた。

「身から出た錆《さび》でな。だから誰も責められない」

「でもさ、〈成し遂げんとした志を、ただ一回の敗北によって捨ててはいけない〉って言葉もあるしね」

「なんだ、それは？」

この娘はときどき、妙なことを口走る。

「格言だよ。私、格言が子どものころから大好きでさ、ためになりそうなのは全部メモってるの。まあ使い方を間違って、この店のマスターには笑われることも多いけど。いまのはシェイクスピア、だったかな。要は、一回ミスったからって、簡単に諦めんなよって意味だよね。だからおじさんもさ、またはじめればいいよ」

「無理だ」

「即答だね」絢子は笑った。本当に表情がころころ変わる。「でもさ、私はいつも思うよ。うまくいかないことがあって、こんちくしょーって思っても、それもいつかは自分の糧《かて》になるって。それに新しいことをはじめるときって、面倒くささもあるけど、わくわくもするでしょう？」

「前向きなんだな」

「まあ、それだけが取り柄っていうかね。三年前にお母さんが死んじゃったときはほんと、抜け殻みたいになっちゃったりもしたけど、でもそれじゃあいけないって思いもあるし」

「そうか」

俺はカップを見つめてつぶやいた。どうやら早苗は、すごい娘を産んだようだ。

「うん、だからお互いがんばりすぎない程度にがんばろう。〈この世は素晴らしい。戦う価値がある〉。これはアメリカの大作家、ヘミングウェイの言葉だよ」

彼女はそんな格言と共に、俺に向かってピースサインをしてみせた。

そうして一時間ほど俺たちは言葉を交わした。といっても喋っていたのは、ほとんど絢子の方で、こちらは相槌《あいづち》を打つばかりだったが。だがそれがとても心地よかった。別れ際、俺はありったけの勇気を振り絞って彼女に言った。

「また、話せるか」

絢子は、一瞬虚をつかれたように目を丸くしたが、すぐに笑顔になって、「もちろん」と応じてくれた。

「ヒロさん」

名を呼ばれ、振り向くと早苗がいた。六畳の簡素な部屋。二階建てアパートの、二階の一番端の部屋。つんとする畳の匂い。強すぎる西日が窓から差し込み、畳に四角い形の光が落ちている。

俺は窓枠に腰かけていた。窓の外には夕焼けに染まった景色が広がっている。軒の低い家々ばかりの住宅地に、間もなく夜がやってこようとしている。屋根瓦や電信柱はオレンジに染め上がり、道行くひとは長い影を引きずるように歩いていく。近くで子どもたちの弾けるような笑い声が上がり、彼方からは救急車のサイレンの音が届き、次第に遠ざかっていく。

どうやら俺は、あのころの夢を見ているらしかった。

「なに考えてたの？」

夢の中、正座の姿勢で編み物をしていた早苗が窓辺の俺に話しかけてくる。赤い座布団の上が彼女の定位置だった。

「なにも。ただ外を見てた」

現実でも実際にこんなことがあったなと思いながら、俺は答えた。

「ヒロさんはロマンティストなのね」

「なにが？」

早苗が妙なことを言うので、驚いてしまった。

「だっていつも夕暮れどきにはそうして外を眺めているじゃない」

「たまたまだよ」

「そうかしら」

「そうだよ」

俺が意地になってそう言っても、早苗は含み笑いを浮かべてこっちを見ていた。

「この街の夕焼けが好き？」

「さあ。どこの夕焼けだって変わらないよ」

「私は好きだわ」早苗は俺の隣にやって来てちょこんと座った。「ここから小さな街に日が落ちていくのを眺めていると、安らぐような、ちょっぴり寂しいような気持ちになる」

「ロマンティストなのは君のほうだな」

俺はそう言って笑った。

「そうよ、知らなかった？」

楽しげな早苗の頬が最後の夕日を受けて、街並みと同じくオレンジ色に染まっていた。綺麗だ。俺は心からそう思った。こんなにも美しいものがこの世界にあることに、そしてそれが手をのばせば触れることのできる距離にあることに、俺の心は静かな感動で満たされていた。

そのまま目を離すことができなくてじっと見つめていると、「なに？」と外を見ていた早苗がこちらにくるりと顔を向けた。

「いや、なんでもない」

俺は照れくさくて何も言えぬまま目をそらした。彼女は俺が綺麗だなんて言ったら、どんな反応をするのだろう。驚いて「雪でも降るんじゃない？」と笑うだろうか。自分の気持ちを伝えられないことが、どうにももどかしい。俺は少しでも彼女にわかってほしくて、自分の想いを伝えたくて、精一杯の言葉を並べた。

「俺もここから見る夕焼けが好きだ。こうして二人で並んで見る夕焼けが好きだ」

早苗はやさしく微笑んだ。そして少し思考をめぐらすように、どこか寂しげな瞳を空に向けた。

「もしね、もし私たちがこの先、離れ離れになってしまったとしても、私はあなたと一緒に見たこの部屋からの夕空を思いだすわ。何年も、何十年も先にもきっと思いだすわ。だってこんなに美しい夕空は、もう見ることができないだろうから……」

おそらく俺は間抜けな表情で彼女を見ていたのだろう。早苗は俺の視線から逃げるように、「なんてね。変なこと言っちゃった、さ、そろそろ夕飯の準備しないと」とそっと立ちあがり、窓辺から離れた。

そんなことはない。俺たちはこれからもずっと一緒だ。これから二人で年を重ねていくんだ。

あのとき、彼女の背中にそう声をかけることができていたら、未来は違っていたのだろうか。浅い眠りの中で、そんなことを思う。

だが夢の世界の俺は、何も言わずただじっと窓辺に座っている。オレンジ色の空が黒く塗りつぶされるのを眺めながら、俺はそこにずっと座り続けている。


「ヒロさん」

背中を丸めて歩いていたら後ろから突然声をかけられ、びくっと肩を震わせた。

「あ、嫌だった？　だって沼田弘之《ひろゆき》さんでしょ。いつまでもおじさんって呼ぶのもどうかと思って。それともヌマさんの方がよかった？」

谷中銀座商店街のど真ん中、長い髪を後ろで束ね、グレーのパーカを着た絢子が立っていた。俺は彼女にばれないように小さく吐息をもらした。名を呼ばれて振り返るまで、まだ自分は夢の中にいるのかと、一瞬わけがわからなくなった。

「トルンカに行くの？　なら一緒に行こう。今日はバイト先で鉢植えもらったから、マスターに窓辺にでも飾ってもらおうと思って持ってくところなの」

ほら、アマリリスだよ、と絢子は手にしていた透明のビニール袋を掲げたが、小さな鉢植えの中の植物は、ようやくふっくらした蕾《つぼみ》がついたところだ。もっとも花が開いていたところで、俺にはそれがアマリリスという花だとはわからなかっただろうが。

絢子と並んで商店街を歩き出した。

「今日も天気いいね」

絢子が高い空を見て、のんびりとした声で話しかけてくる。

「そうだな」

「綿あめみたいな雲だね」

「そうだな」

「明日も晴れるって」

「そうだな」

「嘘だよ、明日は曇りだって天気予報で言ってたよ。いまのはトラップ。ヒロさん、適当に返事してるでしょ」

絢子は俺の二の腕あたりを軽くパンチしてきた。絢子に「ヒロさん」と呼ばれると、背中がぞわぞわしてしまう。だが彼女はそう呼ぶとすでに決めてしまったらしい。

「……すまない」

「まあ、コーヒー一杯で許してあげましょう」

「わかった」

「嘘、嘘。ちゃんと払いますって。なに、私のこと、たかり屋かなんかだと思ってる？」

「いや、仕事があまりないと言っていたから……」

「コーヒー代くらいあるって。フリーはね、ちゃんと先を見越して蓄えを用意しておくもんなの。だいたい仕事ないのはそっちじゃん。働かなくて平気なの？」

「まだそれなりに余裕はある」

俺が言うと、絢子は「うほー」と奇妙な唸り声をあげた。

「ヒロさんたら、どんだけ貯金してんのよ。今度通帳の見せ合いっこしようよ。それで少ない方が総取りできるの。〈汝《なんじ》、分け与えよ〉」

「ことわる」

「即答だね」

俺たちはぼんやり歩いていると見逃してしまいそうな細い路地へと、順番に入っていった。

絢子とはあれから二度トルンカで顔を合わせた。一度目はちょうど俺が出るところで挨拶を交わしただけだったが、二度目はまた少し話ができた。最初のときと変わらず、絢子がほとんど喋り、俺はまともな合いの手を入れられたかさえ怪しいものだったが、それでもうれしかった。

たったそれだけのことが、俺の気持ちを気味悪いほど上向きにしてくれたのだ。この街に留まる理由が、新たにできた気がした。絢子と話をするまでは、異国人のような落ち着かない気持ちを抱えてこの街で過ごしていた。それがただ彼女と話すだけで、よそよそしく感じられた街の空気がやわらかくなり、昔のように自分もその一部になれたような気持ちになれた。それがなによりもうれしかった。

気になるのは絢子のほうだ。あのときは「また、話せるか」と勢い任せで口に出してしまったが、向こうは俺と話すのをどう思っているのだろう。彼女は俺が自分の母親の昔の恋人、それも容赦なく切り捨てた男だとは当然知らない。彼女にしてみたら、俺はひょんなことで知り合った、ただの冴えないおっさんということになるだろう。怪しいと思われても否定のしようもない。

だがこうして軽口を叩きながら隣を歩く彼女からは、少なくとも一緒にいるのを不快に思っていたり、うんざりしている様子は見られない。それどころか――俺の思い違いでなければだが――彼女なりに楽しんでいるようにさえ見える。それとも本心《けど》を気取られないようにするのがうまいだけなのか。俺の知った限りでは、彼女は早苗に匹敵するほどのおひとよしだ。案外、見るからに落ちぶれた中年男を哀れんで、少しくらい相手してやらねばという気持ちなのかもしれない。

まあ、どれだけ邪推しても無駄だ。ひとの本当の心の内など決してわかるものではない。戻ってくるまでは、絢子と言葉を交わすことさえできないと思っていたのだ。彼女が俺と話してくれる、いまはそれだけで十分なのだ。

トルンカに入り、俺たちはまたテーブル席に向かい合った。

俺はいつものブレンド、絢子はカフェオレを頼んだ。

立花がコーヒー豆をミルにかけ、準備をはじめる。ステンドグラスの窓からは、やわらかな日差しが音もなく降ってくる。絢子は「やっぱりここが落ち着きますな」とくつろいだ口調で言い、大きな肩かけ式の鞄を隣に放る。

いつもこの店で見かける滝田とかいう白髪のじいさんが、コーヒーを飲みながら立花にくだを巻いていた。

「なあ、マスターよ。このへんも変わっちまったよなあ。昔は空き地ばかりで子どもたちも外で遊びまわってたのに。それがいまじゃどこも家ばっかり。野良猫だって減っちまった」

　立花は苦笑いでそれに応えている。これもいまや見慣れた光景。

　ほどなくして俺たちのコーヒーをアルバイトの青年が持ってきて、絢子が鉢植えを渡しながら気さくな調子で話しかけた。

「よっ、勤労少年」

「勤労でも少年でもないけど、お花いつもありがとうございます」

　この青年はいつもどこかクールで、若者らしさに著しく欠ける。若さ特有の、ぎらぎらした脂っこさがない。それでもさりげない気配りなどはよくできていて、俺はさほど嫌いじゃない。絢子は彼とそれなりに親しいようだ。「ねえ、このあいだの一箱古本市行った？」「もちろん行きましたよ」と、いかにも地元民らしい話題で盛り上がっている。

「そういえば修一君、なんか最近はほかにもバイトしたりで大変だって雫に聞いたけど？就活、大丈夫なのかい？」

「どっちもがんばりますよ、僕は」

「おや、ずいぶんたのもしくなったね。このあいだまで『留年したい』とかごねてたのに」

「それは昔の僕です。いまの僕は有言実行男ですから」

バイトの若者はどこまでも落ち着いた口調で言うと、ぺこりと頭を下げて「ごゆっくり」と厨房に引っ込んだ。

「若いっていいね。ほんのちょっとのあいだに、急にたくましくなる。あれは恋だね」

絢子は彼の後ろ姿を眺め、しみじみと言った。そしてまた「〈おお、愛は我らを幸福にする。おお、愛は我らを豊かにする〉ってね」と妙な格言をいちいち引っ張り出してくる。

俺は呆れて口を挟んだ。

「あんただって、まだ十分若いだろ。あんたには恋人はいないのか」

「私？　んー、最近はぜんぜんそういうのはないねえ。いまは仕事をがんばる時期って決めてるからさ」

絢子はカフェオレを一口飲んで、上唇についた泡をぺろりと舐めとると、私、不器用だから恋と仕事の両立とかできないの、ときっぱり言った。

「そういうもんか」

「そういうもの。でも絶対家族はほしいとは思ってるからね。仕事が落ち着いたら婿《むこ》探しもがんばらなくちゃね」

絢子はそう言って、あはは、と屈託なく笑う。どうもこの娘は妙に達観したようなところがあったり、子どもっぽいところがあったりとアンバランスだ。でもそれが彼女の魅力なのだろうとも思う。

「ヒロさんのほうこそどうなの？　家族とかいないの？」

「いない」俺はかぶりを振って答えた。「結婚は一度、失敗してる」

　絢子は、あ、そうなんだ、と仕事の話題になったときと同じ、むずかしい顔になった。反応がいちいちわかりやすいのも母譲りだ。俺はつまらないことに触れられたくないのもあり、「ところで」と話題を変えた。

「この店にはずいぶん前から来てる様子だな」

「それこそ中学のころからずっと通ってるからねえ。雫のことなんて、幼稚園に入る前から知ってるし。あの子のあの性格と口調は、良くも悪くも間違いなく私の影響受けてるね。敏子《としこ》さん——あ、マスターの奥さんね——はいまは外国に住んでるけど、以前はすっごく良くしてもらってたしね」

「なるほどな」

　絢子にとってはこの店は大切な場所らしい。俺にとってのノムラ珈琲みたいなものかもしれない。俺はひとつ満足すると、

「それにしてもあんたの鞄はいつもでかいな」

　絢子の傍らに置かれた鞄を顎で示して訊ねた。彼女は近所をうろつくだけにしては大き

すぎるその革鞄をいつも持っていて、実はこれも気になっていたのだ。

「ああ、これ、スケッチブックとか入ってるから」

「絵が描いてあるのか」

予想通りだと思い、わずかに身を乗り出した。早苗の娘が一体どんな絵を描くのかぜひ見たかった。

「まあ、スケッチブックに小説を書くひとはいないよね」

「……見てもいいか」

「ええー、別にいいけどさ。ただの落書きだよ」

彼女は少し照れたように念を押し、スケッチブックを渡してくれた。

分厚いスケッチブックの中には、素描というのか、鉛筆のみで、近所の街並みや、野良猫、彼女が勤める花屋の前景、道端のベンチに座る老人の姿などが描かれていた。いままさに自分たちが座っている席から眺めたトルンカの店内を描いたものもある。窓からの日差し、店の落ち着いた薄暗さ、温かみのある内装。それが絵からも十分に伝わって来る。

「散歩してて目についたものとか、ちょっと練習がてらスケッチしてるだけだよ」絢子は軽く言うが、練習でこれほどのものが描けるものなのか。

クリーム色のノートに黒い線だけで表現されたそれらは、この街の雰囲気にも実にぴったりはまっていて、ページをめくるたび俺は惚れ惚れと見入った。まるでこのスケッチブックの中で、街が息をしているようだ。

「すごいな」

俺は絢子の絵を前に、本気で感嘆した。

「いや、ほんと、ただの落書きだから」

「これが落書き？　違う、これは落書きのレベルじゃない。これだけ描けるのに、仕事がないのか」

「いやいや、もっとうまいひとや個性的な絵を描くひとなんて、ごまんといるって」

それが本当なら、イラストレーターというのはどれだけ過酷な職業なのだ。よくも彼女はそんな世界に飛び込むことを決心したものだ。スケッチブックにかぶりついたまま俺がなお感心してつぶやくと、絢子は「ああ、それはお母さんのおかげかな」と笑った。

俺は思わず顔をあげ、「母親の？」と聞き返した。

「うん、美大に行こうか迷ってたときも、就職するかフリーになるか迷ったときも、背中を押してくれたのはお母さんだった。『絢子が好きなことやればいいのよ』って。うち、私が子どものころに父親が出て行っちゃったから、お母さんがクリーニング屋で働いてたけど、あまりお金に余裕なくてね。それなのに、『そんなの気にしなくていいから、絢子の夢が私の夢だから』って。美大の学費ってかなり馬鹿にならないのにね」

「そうか」

早苗らしいな、と俺は思った。いかにも彼女らしい。

「そういうひとだったんだよね、いつも自分のことより私のこと優先してくれて、応援してくれて。女手ひとつで私を育ててくれて」

「そうか」

わかる、目に浮かぶようだ。

「うん」絢子はしばらく口を閉ざしてから、目を細めた。「ときどきそういうお母さんのやさしさとか愛情が、すごく重たく感じられちゃうときがあってさ。私、あんなにお世話になっておきながら、素直にありがとうってなかなか言えなかった。でもいつかすごい仕事して、お母さんをびっくりさせたいって思ってた。あなたの娘は、こんなにすごい仕事したんだよって。それが感謝の言葉のかわりになるはずだからって。こんなに早く死んじゃうなんて思わなかったもん。まさに〈好機とは、それが去ってしまうまで気付かれないものだ〉だよ」

「病気、だったのか」

胸が締めつけられるような痛みを感じながら訊ねると、絢子はため息をつき、普段よりもずっと小さな声で答えた。

「うん、発覚してからはあっという間。一年もたなかった」

「そうか」

「あー、ごめんごめん。お母さんのことになると、つい湿っぽくなっちゃって。まあ、とにかくそういうわけで、いま私ががんばれてるのはお母さんのおかげなわけですよ。だから恥ずかしくない生き方しないとね。家族がほしいってさっき言ったのもそう。お母さんのこととっても尊敬してるから、私もいつかお母さんになりたい」

彼女はまたいつもの明るさを取り戻して言った。それでもその声が少し寂しげに聞こえるのは気のせいか。

「きっと……」ありきたりだとわかっていても、俺は言わずにいられなかった。「あんたのお母さんも天国で応援してくれてるさ」

絢子は何度もまばたきをぱちぱちしてから、やがて微笑んだ。

「そうだね、うん、きっとそうだよね」

「ああ、きっとそうだ」

俺は力を込めて頷いた。その様子がどうも彼女にはおかしかったらしい、なんかヒロさんらしくない、と絢子は眉間に皺《しわ》を寄せ、からかうような笑みをもらした。

「そんなことはない」

ついムキになって言い返すと、絢子はさらに笑って、

「まあ私たち知りあって間もないし知らないことのほうが多いよね、ということにしておこう。ところでさ、そんなに気に入ってくれたんなら描いてあげようか」

唐突にそんなことを言いだした。

「俺を、か？」

「うん、このくらいでよければ、十分とかからないよ。ヒロさん、味のある顔してるから描きごたえありそうだし」

絢子はスケッチブックを開き、鉛筆を手に、にやりといたずらっぽい笑みを浮かべている。俺は慌てて拒否した。そんな気恥ずかしいこと、頼めるはずがない。

「いや、よそう。いつか機会があったらな」

「あら、つまらない。〈その日その日が一年中の最善の日である〉って言葉を知らないの？」

絢子はそう言うと、わかりやすくふてくされてみせた。

六月になって、真昼の太陽の光が少しずつ強くなってきた。

俺は相変わらずの生活を送り続け、気がつけばもうひと月以上ここに留まっている。トルンカの張り出し窓にちんまり飾られたアマリリスはとっくに鮮やかな赤い花を咲かし——それでようやくどんな花か知った。ラッパみたいな形をしたおかしな花だ——ガラス越しの陽光を静かに浴びている。

「なあ」

「なんでしょう」

「今日は暑いな」

「そうですね」

「もうすぐ夏だな」

「その前に梅雨がきますよ」

俺と立花のこうしたやりとりも、もうすでにトルンカでは普通のことになりつつある。昼過ぎのトルンカはほどよく空いていて居心地がよく、ときどき長居し過ぎてしまうほどだ。

「今日は絢子ちゃん、現れないみたいですね。あの子、気まぐれだからいつ来るかわからないんですよ。徹夜でイラストの仕事をやることもあるみたいだし」

立花は俺が退屈しているとでも思ったのか、そんなことを言った。

「別にかまわんよ。あの娘とはただの顔見知りだ。それよりちょっと訊いてもいいか」

俺は絢子もおらず、客も少ない時間を逆に利用して、以前からずっと気になっていたことを訊ねてみようと思った。

「なんでしょう?」

「どうしてこの店をやろうと思ったんだ?」

立花はいつもの渋い顔をいっそう渋くして腕を組むと、うーん、と短く唸《うな》った。

「すまん、話したくないことならいい」

調子に乗って立ち入ったことを訊いてしまったかもしれない。立花も世間話はしても、俺の経歴や生活について訊いてくることは一切ない。またもしくじったか、と思ったが、

「うーん、そうじゃないんですけどね。別に面白くない話なんですよ。それでもよければお話ししますが」

立花が別段気にする様子もなくそう答えるので、俺はほっと胸を撫《な》で下ろした。

「嫌でないんなら、聞かせてもらえるか」

「よくある話ですよ、脱サラしたんです」

「あんたがサラリーマンだったのか?　想像がつかん」

俺は目をしばたたかせた。本当に想像がつかない。この男は生まれたときからカウンタ

ーの奥に立ち、誇り高き顔でコーヒーを淹れてそうだ。それくらい、いまの仕事が様になっている。

「まあ、サラリーマンというかなんというか。実は金融会社で取り立て役を長いことやっていたんですよ。いや、闇金とか怪しい会社ではないんですよ。それでもまあ、あんまり気持ちの良い仕事でないのも事実ですが。なにせ明日の米を買う金さえないひとたちを説き伏せて、金をふんだくっていかなきゃいけないわけですから」

いかつい顔の裏にはそんな過去があったのか、と本気で驚いた。この男がいかつい顔にいかつい表情をさげて肩をいからせて取り立てにくるところを想像すると、債務者のほうに同情したくなる。

「それでも仕事だし、こっちにだってノルマがあるから必死でやります。私にだって養わなきゃいけない家族がいますしね。ただね、長いことそういう仕事してると、だんだん感覚が麻痺してきちゃうわけです。要は、お客さんが現金にしか見えなくなってきちゃうんです」

「なるほどな」

俺にも同じ覚えがある。仕事をはじめたころ、顧客である金持ちたちは、俺にとって札束でしかなかった。そして月日とともに、そのことを疑問にさえ思わなくなってしまった。

「そんなあるときです。私が担当してた四十代の男が風呂場で手首を切っちゃったんです。いや、すんでのところで一命はとりとめました。私がちょうどそのタイミングで家を訪ねて、慌てて救急車を呼んだのでね。その男、ギャンブル狂いで、ほかの会社からもけっこうな額つまんでいて、もう本当に首が回らなくなっちまってて。いわゆる詰みの状態ってやつです」

「詰み、か」

立花の言葉を、苦々しい気持ちでそのまま繰り返した。

「だけど金のために死ぬなんて、あまりにも馬鹿げてると思いませんか？　でも彼を追い込んだのは私だった。そのときまで私は彼のことが金にしか見えてなかった。そのことに気付いて、心底恐ろしくなった。たまたま私が現場に出くわしたからよかったけど、そうでなければあのひとは確実に死んでいた。そう考えたら、全身総毛立って脂汗がどっと出ましたよ。急に自分の仕事がおそろしい実感を伴って、肩にのしかかってきた」

立花はそこまで話すと、当時を思い出したのか小さく息を吐き、「ちょっとお待ちを」と断りをいれて引き出しをごそごそやりだした。そして確認するようにあたりを窺い、煙草に火をつけた。

この男、たしか煙草は害だ、コーヒーと一緒にしないでほしいというようなことを力強く語っていなかったか。それがいま、目の前で深々と煙を吸い込み、さも満足そうに煙を吐き出している。なにか言うべきかとも思うが、話の続きが気になるので敢《あ》えて触れないでおくことにした。

「それで、彼が退院するなり知り合いの弁護士のところへ引っ張っていって、債務整理やらのアドバイスをしたんです。それで少しは楽になるから、もう死ぬなんて考えたら駄目だって。当然、私がそんなことしていいはずないんです。こちらは金を取り立ててなんぼなんだから。向こうがそういう権利をふりかざしてきたら大人しく従いますが、こっちから教えたりなんて論外なわけです。

もちろんすぐに上司に知れてクビになりました。上の娘も生まれたばかりのころだったから、もうどうしようって話ですよ。さんざん悩んだ末に、地元で喫茶店をやろうと決めました。子どものころの夢だったんです。そこで、ちょうど店を閉めたばかりだった野村のおばあさんにお願いしてここを買い取らせてもらって。貯金を全部はたいて、借金して、それでも足りないから妻の実家から援助もしてもらって。準備だけで半年かかりました。我ながら、よくあんな博打《ばくち》に出れたもんだと呆れます。だけどね、これからはお客さんの顔をちゃんと認識できる仕事がしたいって思ったんです。そしてできれば私のつくったもので、そのひとたちを笑顔にしたかった」

このあいだの絢子の絵といい、俺はこの店で圧倒されてばかりだ。世の中、本当にいろんな人間がいる。聞いてみなければわからないことがたくさんある。うまく言葉にできないが、俺は激しく心を打たれていた。

「それで、そのおっさんはどうなったんだ？」

「ええ、数年前にうちの店に来てくれましてね、泣きながら感謝されましたよ。『いま自分が生きていられるのはあなたのおかげだ』って」

「ほう、そうなのか！」

「いえ、嘘です」

「な！」

まんまと引っ掛かった俺は、間抜けな大声を上げてしまった。立花はしてやったりという顔で笑った。

「そうなっていたら、なかなかの美談だったんでしょうけどねえ。実際はそれから一度も会ってません。その後、礼の一言もないし、こっちはあんたのせいで職を失って、家族を路頭に迷わせることになってたかもしれないんだぞと思って、腹を立てたりしたもんです。でもいまは感謝してますよ、あれは自分にとっても人生を見つめ直す良い機会だったんだって。あのときの一件がなければ、私はここで毎日せっせとコーヒーなんて淹れてなかったでしょう。この道が正解だったって意味じゃないですよ。ただ、ひとつのきっかけには十分なった」

立花は煙草をフィルターぎりぎりまで吸うと灰皿に押し付け、だから元気にしてるといいな、いつかこの店にきてくれたらいいな、なんて思ってます、と男気あふれる台詞《せりふ》で締めくくった。

「そうか。立ち入ったことを聞いて悪かった」

「あまり面白い話じゃなかったですよね？」

「いいや。十分面白かった。とても面白かった」

俺は嘘いつわりなくそう述べた。

そうしてコーヒーと共に、彼の話の余韻に浸ろうとしていたのだが、

「お父さん！」大きな音がして入口の扉が開き、目を吊り上げた立花の娘が台風のごとく飛び込んできた。「煙草、吸ったでしょ⁉」

立花は娘の姿を認めると、さきほどまでの男気はどこへいったのか、ウサギみたいにびくついて娘のほうを見た。

「ち、違う、雫。これは違うんだ」

「違うってなにが？　じゃあ、この吸殻はなに？　沼田さんは吸わないひとだもん。お父

さんしかいないじゃん」

「それはほら、片づけようとしてそのまま忘れてて……。ねえ、沼田さん？」

「しょうもない嘘つくな！ わたしがいないからって調子に乗って吸ったんでしょ。やめる気ないなら別にいいよ。後悔するのはわたしじゃないんだから。でも、もうやめる、こんなもの百害あって一利なし、吸ってるところを見つけたら百万やるって宣言したの自分でしょ？ できないなら言わなきゃいいじゃん、それをこそこそこそ、不良高校生みたいに……。いますぐ銀行に行って百万円、おろしてこい！ うちにそんなお金があるならね！」

俺は唖然《あぜん》として二人のやりとりを見ていたが、唐突に、すさまじく唐突に、笑いが込み上げてきた。なんなんだ、この店は。なんなんだ、この親子は。

自分でも信じられないくらい俺は笑った。カウンターに突っ伏して、肩をぶるぶる震わせて、笑った。一体何年ぶりだろう、腹の底から笑うなんてことは。

俺は笑い転げた。立花と立花の娘は、平和な言い争いをやめ、なぜ俺がこんなにも笑っているのかわからずお互いの顔をぽかんと見ている。

その顔がおかしくて、なぜだか無性に愛おしくて、俺はまた笑った。

「なんかヒロさん、雰囲気変わった？」

いつもの昼下がり、二人でコーヒーを飲んでいると、絢子が俺を検分するように見つめてから、出し抜けに言った。

「俺がか？」

「うん、なんていうか、こう、知り合ったころよりも丸みがでてきた感じ？」

「体重は変わってないと思うが……」

「違う違う、そっちの丸みじゃない」絢子は呆れたように顔の前で手をぶんぶん振った。

「なんていうかな、最初に会ったときはちょっとこう、ひとを遠ざけようとしてる雰囲気だったけど、なんか少し柔らかくなった感じがするって言いたかったわけ」

「そうか？」

まるで実感がわかず、眉をひそめた。

「うん、ヒロさんってなんか謎なところあるじゃない？　そのせいで近寄りがたい感じがあるんだけど、そういう雰囲気が大分やわらいだ気がする」

「謎なんかじゃないさ」

「謎だよ。だって何してるかもわかんないし、どこに住んでるのかも知らないし、ゴルゴ13みたいに寡黙だし。そのくせ案外やさしかったりするし」

俺はどう答えたらいいのかわからない。絢子がそんな風に考えているとは、思いもしなかった。ゴルゴ13はないだろう。俺はあんなにおっかなくもなければ、背後に立たれただけで銃をぶっ放したりもしない。そして何より、俺はやさしい人間などではない。

「ただの暇人だ」コーヒーをすすり、絢子の言葉に簡潔に答えた。「住まいはない。ホテル暮らしだ」

「ふうん、ますます謎。まあ、でも謎のところもひっくるめて、私、ヒロさんのこと好きだな」

絢子が満開の花のような笑顔を浮かべてそんなことを言うので、あやうくカップを手から落としそうになった。

「な」

「いやいやいや、そっちの意味じゃないよ？　ひととして好きってこと。なんていうか、年の離れた友だちって感じ？　話してて面白い。なにより一緒にいると、なんかちょっと安心する」

絢子はそう言うと、ミルクをたっぷり落としたコーヒーを飲んで微笑んだ。

「そんなはずない」俺は少しムキになって否定した。「みんな、俺といると居心地が悪くなると言う」

「なら私はそっちのみんなには含まれないや。雫なんかもよく、『沼田さんって面白いよね』って言ってるよ」

「そんな妙な気をつかわんでくれ。あんただって、本当はそう思ってるはずだ。それでも俺を哀れんで付き合ってくれてるだけなんだろ。寂しいおっさんを元気づけてやらなくちゃと思ってるんだろ。あんたは誰にでもやさしくできるから」

言いながらこれ以上ないくらい惨めな気分になった。そうだとわかっていても、口に出すとやはりこたえる。ところが絢子は、「はあ?」と突如声を荒げた。

「私のこと、聖人君子かなんかだと思ってるの? 〈誰の友にもなろうとする人間は、誰の友人でもない〉って言葉があるの知らないの? 私、そんな傲慢でもないし、暇人でもないよ。私はヒロさんと話すのが好きだからそうしてるんだよ。私の倍くらい長く生きてるくせに、そんなことといちいち説明しなくちゃわからないわけ?」

「だが……」

俺がさらに食い下がろうとすると、絢子はきっと睨みをきかせてこちらを見てくる。

「『だが』はなし。これ以上言うと、私、本気で怒るよ」

「それは困る……」

「じゃあこの話はおしまい」

絢子はぴしゃりと言って、会話を終わらせてしまった。

こんな気持ちを、どう説明すればいいのだろう。

絢子は、俺の気持ちをいつもこうして引っ張り上げてくれる。もちろん彼女自身にはそんな気は毛頭ないのだろう。だが、彼女と話すことで俺がどれだけ救われるか。彼女と一緒に時間を過ごしていると、それだけで発作の恐怖さえ和らぐ。それどころか、自分がそんな爆弾を抱えていること自体が気のせいだったのじゃないか、医者の見立てはただの間違いだったのじゃないか、そんな気にさえなってしまう。絢子と過ごした日の夜は、ホテルに帰ってもずっと心安らかで、すぐに眠りに落ちることができる。彼女の気配が俺を不安と焦燥から守ってくれる。

やれやれ。どうやら俺は、親子ほども年下の娘に完全に依存しているらしいのだった。


「ねえ、ヒロさんが住んでるホテルってどのへん？」

その翌日、珍しく二日続けてトルンカに現れた絢子はチキンカレーをせっせと口に放り込みながら、俺にそんなことを訊ねてきた。

「不忍通《しのばず》りをずっと行ったところにビジネスホテルがあるの、知らないか。あそこだ」

質問の意図がわからず、俺は答えた。それにしてもよく食べる娘だ。この細い体のどこに、これだけの量が入るのだろう。最近はコンビニで買ったロールパンがもっぱらの主食の俺には信じがたい。

「ああ、はいはい。ってあそこ、けっこう高くなかったっけ？　思ったんだけど、なんで部屋借りたりしないの？　ホテル暮らしなんて、お金かかるだけじゃん」

「面倒だ」

「まーたそういうこと言う」

絢子は眉間に皺をよせ、厳《いか》めしい顔をする。俺の返答が気に入らないときにいつも見せる表情だ。

「私、昨日の晩に考えたんだけど、ヒロさんもさ、このへんにちゃんと越してくればいいと思う。そのほうが色々便利だよ。仕事だってまたはじめなきゃなんないんだろうし。この街、いいところでしょ？　みんな気さくだし、せかせかしてないし、商店街は元気だし、喫茶店もたくさんあるし。それとも面倒ってこと以外に、謎多き男としてなにか事情があるの？」

「謎などないと言ったろ」

俺がむっつりして言うと、絢子は「ならいいじゃない」とすかさず返してきた。その表情にはこれっぽちも邪気がない。

「あ、余計なお世話だった？　一応友だちとして思ったことを言ってみたんだけど。言い出しっぺの手前、私も部屋探しくらい手伝うよ？」

「いや、そういうわけじゃない。ただ、そんなこと考えもしなくてな」

そういう生活を送るなど夢にも思わなかった。そういう可能性があるなど考えたこともなかった。いつかはまた出ていくと思っていた。それが当然だと思っていた。だが思いもよらぬ提案に、心が揺らいだ。早苗が住んでいた街、いまは絢子が住まう街。そこに根をおろす。新しい仕事を見つけ、新しい生活をはじめる。

「それもいいかもしれないな」

「お、乗り気？」絢子は冒険心に火をつけた子どものように目を輝かせた。「そんなら知り合いの不動産屋、紹介するよ」

だが、俺の人生においてそう事が上手く運ぶはずは、やはりなかった。

今度のやつは、前回花屋の店先で倒れたときの比じゃなかった。

夜、ホテルでシャワーを浴びていたときにそいつは起こった。何の前触れもなく急に胸が痛みだして、俺は耐えきれず仰向けに勢いよく倒れ、固い風呂場の床に頭をしたたか打った。真上からはざんざんと熱い湯が降ってきて、俺はそこから逃げ出すため素っ裸で這《は》いつくばるようにして出ると、ベッド脇までずぶ濡れの状態で進んだ。そして部屋に設置された電話をどうにかとった。直通でフロントにつながった受話器に向かい、何を言ったのかまるで覚えていないが、俺はどうにか声を絞り出した。無我夢中だった。

それからどれくらい経ったかわからない。意識の遠のく中、ドンドンとドアを慌ただしく叩く音が聞こえ、その次目覚めたときにはすでに病院のベッドの上だった。

医者の話によると、俺はまる一日以上目覚めなかったらしい。救急車で運ばれてきたときは、かなり危険な状態だったという。風呂場で打ったときのものだろう、頭には白い包帯が巻かれていた。

目覚めた俺は、すっかり動揺していた。倒れたことにではない。発作に襲われたときにとった自分の行動に、だ。

俺はどうにか助かろうと、ベッド脇の電話まで這っていったのだ。正直、死ぬのはそれほど怖くないと思っていた。医者にも、あなたは死にたいんですか、と何度も呆れられた。それなのにあの瞬間、俺にあったのはまごうことなき死への恐怖だった。死にたくない、と思った。死ぬということが、誰にも別れを告げられないまま自分という存在がこの世から消えてしまうということが、ただただ恐ろしかった。

「とにかく無事でよかった」医者はベッドに横たわる俺にそっと近づいてくると、よく通る声で言った。「でも次は保証できません。本当に、このままでいいんですか。一応こちらは沼田さんのことを案じて言わせてもらってるんですけどね」

俺は何も言えなかった。

このままオペをしないなら、あと半年。

最初の発作を起こして病院に担ぎ込まれ、医者にそう宣告されたのは、三カ月前のことだ。つまり、いまでは残り三カ月を切ったということになる。ようやくアルコール地獄の出口から抜け出てわずかな希望が見えたと思ったら、このありさま。身から出た錆だとはいえ、あまりに救いがない。

手術の成功確率は六割弱。担当医は言った。それでもあなたはまだ若いし、決して手遅れではない。諦めるには早すぎる。そう手術を勧められても、俺は強固に首を振った。もっとよく考えてみるべきだと医者は当然迫ったが、俺はただただ考えるのが面倒だった。

六割に賭け、どうにか一命を取りとめたとしても、そのあとにはまた長いリハビリが待っている。場合によってはさらに何度かの手術が必要になる。俺はそれに耐える気力がない。そうまでして手に入れるべき、未来が見えない。当然、金の問題だってある。ましてや残りの四割については想像もしたくない。

そんな諸々《もろもろ》を真正面から見据えるのが面倒で、俺は答えを一日、一日とずっと先延ばしにしていたのだった。

そしてその結果がこれ。死がはっきりとした形を成し迫ってきたいまになって、俺はめちゃくちゃにびびっている。震えあがっている。目も当てられない状況とは、このことだ。

〈この世は素晴らしい。戦う価値がある〉

最初にトルンカで話したときの、絢子の言葉が思い出される。そんな風に立ち向かえたら、どれだけいいだろう。そのヘミングウェイとかいう大作家先生は、一体何を根拠にそんな言葉を紙にしたためたのだ。

「とりあえず手術の件は置いておいて、入院だけでもしましょう。沼田さん、たしかご家族はいませんでしたね。それならば、なおさらです」

いままで医者の言葉を撥《は》ねつけてきた俺も、今回は素直に従うしかなかった。もういつどうなっても本当におかしくないのだ。

トルンカで倒れでもしたら、洒落《しゃれ》にならない。あの場所に面倒はかけられない。あの善良な人々に、ただの通りすがりの俺なんぞが、そんな迷惑をかけていいはずがない。従うしか、道はない。

「それでは三日後でいかがです？　早いに越したことはないし、こちらもその日にベッドに空きができますから」

「ああ」

俺はいつものようにぶっきらぼうに頷いてから、よろしく頼む、と静かに付け加えた。

このあいだまで利用していたホテルには、さんざん面倒をかけてしまった手前、さすがにもう泊まるわけにもいかなくなった。ボストンバッグひとつに持ちものすべてを詰め込むと、それで引っ越し準備は完了。俺は精算を済ませ、駅の反対側に建つもっと古くて小さなホテルへ居を移した。

最後の三日、何をして過ごすべきか。

湿っぽいホテルの一室で、考えてみる。だがそうしてみたところで、特段やるべきことも思いつかない。たった三日でできることなど限られているし、余計な思い出が増えればそれはそれで離れがたくなる。

それでもせめて絢子と立花くらいには、世話になった礼を述べるべきだろう。適当に、少し遠くに行くことになったとでも嘘をつけばいい。そうすれば彼らも、俺のことなどすぐに忘れてしまうだろう。それでいいじゃないか。

俺はのろのろとベッドから起き上がると、いつもの路地を目指した。

「あ、来た来た」

店に着いてドアを開けると、立花の娘の声がまず耳に届いた。

「絢子ねえちゃん、沼田さんが来たよー」

「こら、雫。来たじゃない、いらっしゃっただろ」

次いで立花がカウンターの奥から娘を軽く叱責する。

「はいはい」

「はい、は一回」

「あー、もううるさい。そんなだから浩太に陰で、『小姑《こじゅうと》』なんて呼ばれちゃうんだよ」

「誰が小姑だ、浩太のやつめ、今度来たらただじゃおかん」

「シルヴィーもこの堅物になんか言ってやってよ」

立花の娘はバイトの青年に助けを求め、青年がすかさず応じる。

「誰がシルヴィーだ。雫ちゃんのせいで最近お客さんにまでそう呼ばれるんだけど！」

「おーい、シルヴィー。コーヒーのおかわりおくれ」

滝田のじいさんが狙いすましたように声をかけ、青年が「ほら、これ、全部雫ちゃんのせいだよ」とぼやく。

少しばかり緊張していた俺は、いつものこの店の明るい雰囲気に当てられ、さっそく拍子抜けした。一体シルヴィーとはなんのことだ？　と、間髪いれずに奥のテーブルから俺を呼ぶ声がした。

「あ、ヒロさん、やっと来た？　昨日とおとといはなんで来なかったのー？　私、待ってたんだよ」

まだ注文もしていないが、立花はすでにブレンドコーヒーの用意に取り掛かってくれている。俺は手を振る絢子のところに行き、対面に腰かけた。

「すまんな、少し用事があってな」

「そっか、謎な用事があったのね。まあそれはいいから、じゃーん、これ見て」

いつも以上に弾んだ声を出す絢子が、A4サイズの紙をテーブルに広げた。けっこうな枚数だ。不審に思いながら一枚を拾い上げると、それは賃貸物件の案内だった。

俺は絢子の顔を唖然として見つめてしまった。

「ヒロさんの気が変わらないうちにと思ってさ、ちょっと不動産屋さんで良さそうな部屋、ピックアップしてもらってきた。ヒロさんてば良い友を持ったね。〈友情とは、誰かに小さな親切をしてやり、お返しに大きな親切を期待する契約である〉ってね」

絢子が冗談っぽく言っても、うまく笑うことができなかった。

そんな話が出たことなど、この二日間ですっかり忘れ去っていた。あのときの自分はどうかしていた。叶うはずのない夢を見て、そのせいで絢子にこんな気をまわさせてしまって……。

「私、間取り図見るのって好きなんだよね。ちょっとわくわくしない？　あ、もし気になるところがあったら教えて。いまからでも内覧できるところもけっこうあるから。私も今日は時間あるし、ヒロさんさえ良ければ付き合えるよ」

それでも俺が何も言葉を発しないでいると、明るかった絢子の顔がにわかに曇った。

「どうしたの？　あ、まさかもう気が変わったとか言いだしちゃうの？」

「いや、そうじゃない。そうじゃないんだ」俺は慌てて言った。せっかくの絢子の気持ちを無下にはできない。いや、したくない。「どこも良さそうだからな、迷ってしまって」

「そうでしょう？　ヒロさん向けにまだ建って間もないマンション集めたんだ。で、私のおすすめはね……」

再び目を輝かせ勢いこんで喋る絢子を、俺は力なく見つめた。それから彼女の意識を目の前の紙切れから逸らしたくて、俺は考えた末、「なあ」と声をかけた。

「なに？」

「今日はあれだ、天気がいいな」

「うん、そうだね、でねこの部屋がね……」

「なあ」

「なに？」

「今日は天気がいい」

「それ、聞いた。だから？」

「だから物件巡りは今度にして、どこかに行かないか。時間あるんだろ？　この紙はありがたくもらって今日の晩ゆっくり検討する」

俺の苦し紛れの提案に、絢子はこちらが後ろめたくなってしまうほど明るい声を出した。

「おお、ヒロさんがそんなこと言うなんて珍しいね。まあ、部屋は慎重に選ばなきゃだしね。じゃあせっかくだし散歩でもする？」

そんな成り行きで、二時過ぎにトルンカを出た。

簡潔な別れの挨拶だけ済ませて退散するつもりが、またも流されてしまったようだ。発作が起きなければいいのだが。そのことだけが気がかりだったが、同時に俺の心は弾んでいた。

俺たちはあてもなく歩いた。東京はもう初夏だ。半そでのシャツ一枚で歩いていても、少し背中が汗ばんでくる。週末のこともあり、街は人出が多く、観光客らしき外国人の一団も見られたりと賑やかだった。

「そういえばヒロさん、もう体は大丈夫なの？」

絢子がしっかりとした足取りで歩を進めながら、不意に思いだしたように訊ねてきた。

「ああ、もうすっかりいい」

「その割には顔色が悪い気がするけど」

「もともとこうだ」

「もともと顔色が悪いって、それはそれでどうなのよ」

「とにかくどこも悪くない。医者に言われたから間違いない」

「ふうん、ならいいけどね。それにしてもあのときはびっくりしたなあ。いきなり私の前でバタン、だもんね。でもあれで知り合ったわけだし、偶然ってすごいね」

「あのときは本当に迷惑をかけた」

軽快な足取りで進んでいく絢子を半歩遅れで追いかけながら、俺は努めて平然と言った。

絢子は安心したように「いいのいいの、もう元気ならさ。でも無理はしないほうがいいよ」とにこりとした。

そうして絢子は俺を連れて、闇雲にあちこち歩き回った。まあ、彼女と散歩に出ると決まった時点で、大方の予想はついていたのだが。大通りは避けて適当に路地を歩き、雑貨屋や古本屋など興味をひかれる店があると、臆することなく入っていき、場合によっては店主と軽い世間話までする。俺は彼女のただのお供といった感じだったが、とっくに歩きなれているだろう街中を、颯に乗っているかのように颯爽と歩く彼女を眺めているのは愉快だった。

俺たちは商店街まで戻ってくると、揚げ物が並ぶ肉屋でメンチカツを買い、近くのベンチに並んで座って、熱々にかぶりついた。きつね色の衣を噛むと肉汁がぶわりとあふれでてきて、その野蛮な味は文句のつけようもない。「やっぱここのメンチカツは美味しいねえ」と絢子は口のまわりを油でてかてかにしながら満足げに微笑んだ。「ああ、旨いな」俺もそう言って笑った。

おこぼれを期待してか、どこからともなく人慣れしたパンダ模様の野良猫が現れ、目の前に座り込んだ。「こんなの食べたら下痢しちゃうから駄目」絢子はメンチカツのかけらをやろうとする俺にぴしゃりと言って、スケッチブックを開くとその場で毛づくろいをはじめた猫の素描《そびょう》をはじめた。

素早く鉛筆を走らせる絢子の横で、俺は低い建物たちの上でさんさんと輝く太陽をぼんやり眺めた。目を閉じると、降りそそぐ光が瞼《まぶた》の裏をじんわり暖めてくれる。なんとのどかな時間だろう。このまま、ずっとこうしていたい。

そんな気持ちが湧きあがってきそうになり、慌ててかぶりを振った。こんな日は、今日で最後なのだ。

トルンカでもよく顔を見かける小柄なばあさんが長ネギのつき出た買い物かごを手に、「あら、絢子ちゃん。こんにちは」とにこやかに声をかけてきた。絢子は「あ、千代子おばあちゃん、こんちはー」と気さくに挨拶をすると、ばあさんは俺に対してもにこやかに会釈をしてきた。俺は慌てて会釈を返した。

その後、まだ腹の満たされない絢子の希望で大通りにあるもんじゃ焼き屋に立ち寄り、店を出るころには日も大分傾いていた。「腹ごなししよう」と言う絢子に連れられてそのまま歩いていると、不忍池までたどり着いてしまった。

少々歩き疲れた俺たちは、池の前まで来ると、沈む太陽を前にベンチに腰掛けた。正面からさあっと風が吹いてきて、池に生い茂った蓮の葉を揺らし、俺たちのもとまで届いた。その気持ちのよい風が、汗ばんだ頬を冷やしてくれる。

「綺麗だね」

再びスケッチブックを鞄から取り出しながら、絢子がどこか憂いを帯びた声を出した。

「そうだな」

太陽はゆっくりと、しかし確実に沈んでいき、そこにあるすべてをオレンジ色の淡い光で包み込んでいた。若いカップルが俺たちの前を歩いていく。夕日をたっぷり受けてきらめく不忍池のまわりを歩く男女の姿は、そのまま額に入れて飾れそうだった。

「こんな夕焼けを見てると、お母さんを思い出しちゃう。お母さんも夕焼けが好きだったからさ」

俺は彼女のほうをそっと窺い見た。絢子はスケッチブックを膝に乗せ、目を細めて空を眺めている。夕日に照らされたその横顔が、早苗と重なって見え、胸が小さく震えた。

「お母さんは夕焼けを見てると、ずっと昔の、ずっと前に置いてきた若いころの自分を思い出すって言ってたなあ。それで涙なんて浮かべちゃうの、買い物帰りの商店街とかでだよ。私、子どもだったからぜんぜん意味わかんなくて、なんでお母さん、泣いてるのってただただ不思議だった。でもいまならお母さんの気持ち、ちょっぴりだけわかるかな」

絢子の口からこぼれでてくる言葉に、たまらない気持ちになった。

にぎやかな商店街通りでそんな風に涙を浮かべていた早苗は、一体何を思っていたのだろう。どんな思いが去来していたのだろう。俺たちは長い月日の中でこんなにも隔たってしまった。そのことに人目もはばからず、泣き出したくなる。

「なんてね、また湿っぽいこと言っちゃった」

絢子は笑ったが、俺は何も答えられなかった。

「どしたの、ヒロさん？」

「少し」俺はぼそりとつぶやいた。「昔のことを思い出していたんだ」

「あら、ヒロさんたら意外にロマンティストね」

ずいぶん昔にも聞いたような言葉で絢子が茶化してきても、俺は無視して言葉を続けた。

「とても好きなひとがいたんだ。とてもとても、好きなひとだった」

絢子がこちらに完全に向き直り、まじまじと見つめてきた。

「ほほう、それで？」

「だが俺はそのひとを捨てた」

俺は絢子の視線を避けるようにうつむき、つぶやいた。隣から「ん？」と不可解そうな声が上がる。

「どうして？　そんなに大切だったなら、ずっと一緒にいればよかったじゃない」

「ああ。俺にもどうしてあのときそんなことをしてしまったのか、わからないんだ。俺はどうしようもなくガキだった。目先のことしか考えられず、欲に目がくらんで……。自分にチャンスが巡って来たら、途端に彼女が煩わしくなった」

「あらら、男の身勝手ってやつか」

「最低の奴だと思うだろ」

絢子は俺に問われて、まあ、褒められたことじゃないよねえ、と苦笑した。

「後悔してるんだ？」

「いまになって死ぬほど後悔してるよ。思い出すたび、自分の頭を殴りつけたくなる。俺がたったひとり愛したひとだったのに。あんな風に愛せるひとは彼女しかいなかったのに。できることなら、ひれ伏して許しを乞いたい」

「そう……。そのひと、どこかで幸せになってるといいね」

「ああ……」

俺は彼女の顔を見ることができず、暮れゆく空を見つめて頷いた。

「きっとそうなってるよ、ヒロさんが本気で願うならね。きっと昔のことなんてもうとっくに忘れて、とっても幸福な毎日を送ってるよ。ララ〜ってミュージカル踊るみたいな、最高に素敵な日々を過ごしてるよ」

彼女はそう言うと、ベンチの上に置かれた俺の手の甲をぽんぽんとあやすみたいに叩いた。その温もりに、俺はまた泣き出したくなる。

「ヒロさん、こんな言葉知ってる？」

「うん？」

「〈女はたとえ百人の男に騙されても、百一人目の男を愛するだろう〉。ドイツの詩人が遺した言葉。私もね、ひとはどれだけ傷ついても、誰かを愛することをやめることはできない生き物なんだって思うな。だからさ、ヒロさんもまた愛せばいいよ。別にベタ甘な恋じゃなくても、いろんな形の愛ってあるでしょ。家族愛だったり、友人への愛、仕事や夢でもいいし、ペットへの愛だって別にいい。依存じゃなくて、それが愛だと胸を張れるなら対象はなんだっていいさ。愛することはときにひとを救ってくれる。何も愛さない人生はやっぱり寂しいよ」

俺は空から目を離し、隣の彼女をまじまじと見つめてしまった。

「あんたはときどきすごいことを言うな。そんなことを言ってくれた奴は、いままでの俺の人生にはいなかった」

「あれ、私いま褒められてる？」

絢子が子どもっぽい笑みを浮かべて訊ねるので、俺も少しだけ笑ってしまう。

「ああ、心からな」

「やったー、ヒロさんに褒められた。まあ、偉そうなこと言っちゃったけどさ、ほんとは私もよくわからないの。格言なんて必死にかき集めてるのもそう。六歳のときに父親が私とお母さんを置いて出ていっちゃったとき、私、わかんなくなっちゃったんだよね。生きるってなんなの？　人生ってなんなの？　って。それで偉いひとたちの格言なら、何か答えがあるはずだ、きっとそこには本当があるんだって思うようになって。笑っちゃうよね、ルソーの言葉をしたり顔でつぶやく小学生なんて。つまり、私は何もわかってないに等しいの」

　絢子は照れ隠しのようにひとつ笑うと、そろそろ帰ろっか、とベンチから立ち上がった。太陽は池の背後に不均等に並ぶビルの隙間にほとんど隠れてしまい、最後の短い光を放つのみだ。紺色へ変わった空を大きな雲が流れていく。水面を渡って吹きつけてくる風が、少し冷たい。

「なあ、絢子」

「うん？」

　このままいっそ何も言わずに別れようかとも思った。だが、いままで彼女がしてくれたことに対して、それはあまりに不義理すぎる。そんなことが許されるはずがない。俺は大きく息を吸いこんでから、口を開いた。

「実はな、その、俺は遠くに行かなければいけなくなってな」

「遠く？」

「ああ、少しその、海外にな」

　絢子が俺の前に立ち、目を丸くする。

「へ？　いつから？」

「明後日だ」

「え、なにそれ？　ずいぶん急だね。で、いつ帰ってくるの？」

「わからない、だがずっと先になる」

言葉を濁して下を向くと、絢子の顔がいままで見たことのない表情に変わった。不安そうな、何かに怯えるような顔。俺は早くも後悔したが、どうしようもなかった。

「そっか……」

「すまん。なんだか言いだし辛くてな」

「ごめん、私が引っ越せって強引に迫ったからだね。だってなんか、ヒロさん、そのうちどっか行っちゃいそうだったんだもん。なんかそういう雰囲気なんだもん。せっかく仲良くなれたから、それが嫌だったんだ。やっぱ私の予感、当たったね……」

俺は下を向いたまま、もう一度詫びた。

「……すまん」

「どうして謝るの？　また帰ってくるんでしょ？　別にそれならいいんだよ、ヒロさんだって謎の事情があるんだろうし」

絢子は先ほどの不安げな顔を無理に明るくして言った。俺が何も言えないでいると、絢子はまっすぐにこちらに視線を向け、もう一度同じ言葉を繰り返す。

「帰ってくるんでしょ？」

俺はじっとこちらを見つめてくる小さな瞳を、まともに見返すことができなかった。

その晩、またも夢を見た。

「ヒロさん」

振り返ると、早苗が、あの部屋にいた。ただし今度はあのころの姿なのは早苗だけで、俺は五十過ぎのおっさんの姿のままだった。

窓から見える夕焼け、古い畳の匂い、小さなちゃぶ台、正座する早苗の下に敷かれた赤い座布団。何もかもがあのころのまま。俺だけが仲間はずれだった。俺だけが、その小さな空間の中で場違いだった。

「早苗……」

俺は窓際からゆっくりと立ち上がり、早苗のもとへ歩み寄った。早苗は俺を見つめたまま、部屋の隅で目を細めて微笑んでいる。

俺は彼女の膝元にひざまずくようにして座りこんだ。

「早苗……」

彼女の名前をもう一度呼んでみる。涙が自然にあふれてきて、とまってくれない。

「なに、ヒロさん?」

「早苗、あのときはすまなかった。俺はどうかしてたんだ。俺が……間違ってた。君の言ったとおりだった、二人でいられればそれで良かったんだ。俺は間違ってた、全部間違ってた……」

ひれ伏す俺の頭に、夕焼けに染まった早苗の手がそっと置かれた。

「もう終わったことよ。もうずっと、三十年も前の話だわ」

「だが俺は……」

「『だが』はなし」早苗は小声だがはっきりとした口調で言う。「そんなことよりどう？　私の娘は、絢子はいい子でしょう？」

「ああ、とても魅力的な子だよ。まっすぐで、やさしくて、頭の回転が速くて、とびきり素敵な子だ」

俺が彼女の膝元で涙も拭わずに言うと、早苗はくすくすと耳をくすぐるようなやさしい声で笑った。

「けっこう無茶なところもあって心配だけどね。でもあれでいろいろ辛い目にもあってるのよ。そのせいでいっぱい無理させちゃったかもしれない……、特に父親のことについては。あの子、ずっと父親の愛に飢えていたから。ひょっとしたらあの子、あなたに父親の影を見てるのかもしれないわね」

「俺に？」

面食らって顔をあげた。そんなこと思いもしなかったし、絢子だってそんな素振りを見せたことはない。

「そんな気がするだけだけどね。とにかく、ヒロさんはあの子と約束したわよね？」

「約束？」

こちらの理解力が追いつく前に、早苗はさっさと話を進めてしまう。

「もう」早苗はあのころにもよく見せた、むくれた表情をしてみせた。「あなた、あの子に戻ってくるって言ったじゃない。ちゃんと約束は果たしてもらわないと。あの子は本気であなたのこと、好きなのよ。だからがっかりさせないで。あの子が傷つくの、ヒロさんだって嫌でしょう？」

「だけど俺は……」

「大丈夫よ、あなたは。絶対大丈夫だから。ね？　私の言うことで間違いだったことがあった？」

早苗が彼女らしくもない自信にあふれた声でそう言うものだから、俺は顔を上げ、首を横に振らざるを得なかった。

「いいや、君はいつでも正しかった。いつでもそうだったよ」

早苗は夕日に照らされて、そうでしょう？　と最後にもう一度にっこりと微笑んだ。

「元気でね、ヒロさん。またいつか、夢で逢いましょう」


白いカップに注がれたコーヒーが、静かに湯気を放ち、目の前にある。

最後の晩、俺は持ちもの全てを詰め込んだボストンバッグを手に、トルンカを訪れた。明日の朝の約束だったが、今夜からでも病院は受け入れてくれるそうなので、このまま向かう。電車ならわずか二十分。だがそこは、果てしなく遠い場所に思える。

そんなことを思うと決心が鈍りそうになり、俺は目をつむってカップからあふれ出るやさしい香りを胸に吸い込んだ。

考えてみれば、夜にこの店を訪れたのははじめてだ。もう八時をまわり、客はわずか二組だけ。今夜、カウンターに立つのは立花ひとりだ。ランタンが灯す琥珀色の明かりに包まれ、昼間よりも店内は静けさに満ちている。

落ち着いている夜の雰囲気も、悪くない。もっと早くくればよかったかもしれない。

俺は目を開けると、ゆっくりと最後のコーヒーに手をのばし、口に運んだ。豆の芳醇な香りが口内に広がり、わずかな苦味とともに喉を抜けていく。胃の底にまでランタンの明かりがぽっと灯ったみたいに、腹の下からじわりと温かさが広がる。

旨い。やはり旨い。

こんな素晴らしいコーヒーならば、毎日だって飲みたい。

〈この世は素晴らしい。戦う価値がある〉

俺にはそこまでは到底思えない。人生なんて曖昧なものに、どうやってそんな価値を見いだせというのか。だが、この一杯のためならば、戦ってみても損はないかもしれない。いつかこの旨いコーヒーが再び飲めるのなら、俺はもう少し立ち向かえるかもしれない。

約束したでしょ？　早苗はそう言った。絢子をがっかりさせないで、と。

わかっている。あれはただの夢だ。つかの間に見た、ただの都合のいい夢だ。

だが、たとえ夢だとしても、俺はもう早苗を裏切りたくない。そしてもちろん、絢子のことも。そうだ、俺はたしかに絢子に約束したのだ。

だから、決めた。

もうつまらない迷いや自己憐憫《れんびん》はなし。俺は俺のできる精一杯をする。そう決めたら、心がだいぶ軽くなった。

「珍しいですね、夜にいらっしゃるなんて」

立花がカウンターに並べたグラスをひとつずつ丁寧に磨きあげながら、俺に声をかけてくる。

「ああ、その、あんたに挨拶がどうしてもしたくてな」

俺はコーヒーを一口ずつちびちびと大切に飲みながら、ぶっきらぼうに言った。立花がグラスを磨く手をとめ、こちらに視線を向ける。

「挨拶、ですか？」

「少し遠くに行くことになったんだ。しばらくは来れそうにない」

「そうですか……。それは残念です」

こちらが話そうとしない限り、彼は決して余計な詮索はしようとしない。その気配りに、心の内で深く感謝する。

「あんたの淹れるコーヒーはとても旨かった。それにあんたの話も面白かった」

俺がそう自分なりの礼を述べると、立花は相好《そうごう》を崩した。

「ありがとうございます。私も沼田さんが来られるまで店をつぶさないよう精進します。だから、またいらしてください」

「ああ、そうさせてもらおう。あんたの元気な娘さんと、バイトのクールな兄ちゃんにもよろしく伝えてくれ」

「承知しました」

「無事帰ってきたら――」

「はい」

「今度は俺の話も聞いてくれるか。長いだけで退屈かもしれんが」

「喜んで」

俺たちはそれで黙った。スピーカーから流れてくるショパンの旋律は、異国の夢物語のように甘く耳に届く。俺はしばらくその音色に耳を傾けたあと、コーヒーの残りを飲み干して、立ち上がった。

会計を済ませ、扉の前まで行き、真鍮《しんちゅう》の取手をつかみかけて俺は一度立ち止まった。必ずここにまた戻って来る。必ず、またこの男のコーヒーを飲む。もう少しましな自分になって、胸を張って帰ってくる。

そう誓って、言った。

「なあ、立花さん。あんたの淹れるコーヒーは、たしかに悪魔の飲み物だったよ。どうやら俺はすっかり魅了されちまったらしい」

「最高の褒め言葉です」

立花はそう言うと、俺に向かって恭《うやうや》しくお辞儀した。

外へ出ると、いまさっき飲んだコーヒーのような、黒い空が広がっていた。その中央に小さな白い三日月がひっかかっている。

細い路地を駅に向かい歩き出そうとすると、

「ヒロさん」

思いがけず声をかけられた。ぼやっと白く光る街灯の下に、見慣れたシルエットが歩み出てくる。俺は呆気《あっけ》にとられ、静まった通りに似つかわしくない大きな声を上げた。

「絢子か、どうしたんだ？」

すでに別れは済ませたつもりだった。なぜ彼女がわざわざやって来たのか、俺には理解できなかった。

「ヒロさんのこと待ってた。今日は絶対ここにいると思ったから。ちょっと渡したいものがあってさ」

「渡したいもの？」

「まあ、とりあえず送るよ。駅に行くんでしょ？」

俺はわけもわからず、絢子のあとを追った。弱い月の光に照らされただけの通りは、心細くなるほど静かだ。絢子が来てくれたことを、嬉しく思う。

絢子は商店街通りを抜けるのでなく、谷中霊園へと通じる遠回りの道を選んだ。それでも日暮里駅まではせいぜい十五分程度。

緑の葉を生い茂らせた桜並木が続く駅までの長い一本道を、並んで歩いた。

「これ」

霊園の中程まで来たとき、絢子は突然立ち止まって鞄から何かを出した。そしてそれを俺に差し出してきた。

最初はメモ用紙かと思ったがそうではない、写真だ。俺は思わず街灯の明かりの下で立ち止まり、目を凝らした。

「それ、ヒロさんでしょ？」

何気ない口調で絢子が口を挟む。俺は彼女を見て、それからもう一度慌てて写真に視線を戻した。

写真にはたしかに俺がいた。若かりし頃の俺と早苗の姿があった。あのアパートの一室で、二人窓際に寄り添うようにして並んでいる。窓の外は、オレンジ色の夕焼けだ。

覚えがある。この写真は俺が彼女の元を去る数カ月前に撮ったものだ。俺たちの仲が一番深まっていたころ。クリーニング店の同僚に一眼レフカメラを借りてきたという早苗が、一緒に撮ろうときかないので、夕日を背にセルフタイマーで撮った。フィルムの入れ方さえ知らない早苗に、露出やピントの合わせ方まで教えてやったのは俺だ。早苗はそれから一カ月近く、写真を撮りまくっていたが、俺はどうにも照れくさくて、何のかんのと言い訳をしては現像されたものを見ることは最後までなかった。

わずかに夕日が逆光になり、俺たちの表情は少しわかりにくい。早苗はカメラに向かって笑顔を向けているようだ。一方、隣の俺は仏頂面で、あさっての方向を見ている。その二人の姿は、どことなくあのころの俺たちの性格や関係をそのまま反映しているようにも見えた。写真の二人は、とびきり若く、呆れるほど呑気《のんき》だ。先のことなどまるで恐れていない。

「これはどこで……」

「お母さんのアルバム。やっぱりヒロさんだね、うん、だいぶ年食ったけど、こうして比べて見ると、確かに面影がある」

「……いつから知ってた？」

絢子に話した覚えはもちろんない。彼女がどんな反応を示すか怖くて、結局最後まで話せなかった。それなのに……。

「このあいだまではぜんぜん知らなかった。おととい、ヒロさんが昔の話をしたときに、なんか胸に引っかかるものを感じてね」

「絢子、俺は……」

俺の言葉を遮って、絢子は喋りつづけた。

「私が中学生のころだったかな、お父さんの写真が残ってないかと思って、押し入れを漁《あさ》ってたら偶然その写真を見つけたの。それでびっくりしてお母さんに訊ねたら、そんなのどこから引っ張り出してきたのって照れてた。お父さんと結婚するときにね、お母さん、前の恋人に関するものは全部処分したんだけど、その一枚だけはどうしても捨てられなかったんだって。とても大切な一枚で、思い出がたくさん詰まってるからって」

絢子は俺が手にした写真を覗き込むようにして、確かにね、とっても良い写真だもんね、と何度も頷く。

「私も一度見たきりだったけど、その写真はすごい印象に残ってた。だからヒロさんとははじめて会った気がずっとしなかったんだね。なんかこう、会うたびにもどかしい気分になってたんだけど、あ、写真のひとじゃん！　ってこの前ようやく思い当たってさ。いやー、謎が解けてすっきりしましたわ」

彼女はそう言うと、ほら歩こう、と俺の袖を引っ張った。それで俺はようやく我に返って、緑に囲まれた霊園を突き進んでいく後ろ姿を追いかけた。

「それ、ヒロさんにあげる。私には必要ないものだし、お母さんもその方が喜ぶと思う」

絢子はこちらを振り返ると、笑って言った。

「絢子」

「なに？」

「俺は……」

「何も言わなくていいよ。私も別に聞きだしたいから持ってきたわけじゃないから。ただ、ヒロさんの長い旅のお守りにでもいいかなって思ってね。だってこの前話したとき、なんかヒロさん、もう帰ってきてくれない気がしたから。でもそれがあれば、大丈夫な気がして」

「ありがとう」

普段使い慣れていない単語のせいで声がかすれてしまったが、俺は絢子に向かって万感の思いを込めて言った。絢子はただにこりと微笑むだけ。説明を求めて当然なのに、彼女はそれをしない。そんなことをしても俺が喜ばないのを知っているのだ。

早苗、君の娘は本当に素敵で、別れるのがとても辛いよ。こんな俺でさえ、涙がこぼれてしまいそうになる。

「それとこれは私から」

明るい光に照らされた改札前の跨線橋《こせんきょう》まで出ると、絢子はまた鞄をごそごそやって、今度はポストカードらしきものを差し出してきた。

絢子が描いた絵だ。どこかで見たことのある男の顔。以前見た鉛筆描きだけのものとは違い、水彩絵の具で色もつけてある。

「これは……俺か？」

「そう。前にいつか描いてくれって言ってくれたでしょ。思い出しながら描いたから、あんまり似てないかなあ。あと笑顔を描きたかったけど、ヒロさん、めったに笑わないからちょっと微妙な顔になっちゃった」

絵には、どこかぎこちない笑顔を浮かべて正面を向いた俺が描かれ、そしてその後ろは夕日に染まった雲みたいな淡いピンクの花で埋め尽くされていた。

「花とおっさん。ミスマッチだな」

俺は照れ隠しに言った。だが声はどうしようもなく震えていた。

「それはハーデンベルギアって花だよ。花言葉はね、〈奇跡的な再会〉。また会えますようにって願いを込めて添えてみた。お母さんの写真には負けるだろうけど、これもお守り。やだ、泣かないでよ。そんな大したもんじゃないんだから」

「泣いてない。泣くはずがないだろう」

「わかった、ヒロさんは泣いてない。うん、ぜんぜん泣いてない」

絢子はそう言って笑ったかと思うと、一転、しんみりした声を出した。

「ヒロさん、いろいろありがとうね。私、楽しかったよ」

「礼を言わなきゃいけないのは、俺の方だ。俺は君のことをずっと前から知ってた。ずっと話してみたいと思っていたんだ」

「ううん、私だよ。短い期間だったけどさ、お父さんといるみたいだった、なんて言ったら怒られちゃうから言わないよ」

「言ってるじゃないか」

「この地獄耳」

絢子が俺の腕にかなり本気のパンチを繰り出してくる。その痛みさえ、いまの俺にはやさしい。

「ねえ、最後にひとつ格言をいかが？」

「またか」

俺は苦笑して言った。俺の頭に、一体いくつ偉人の言葉を詰め込むつもりなのだ。

「〈再会とは、人生における一番身近な奇跡である〉」

「それは誰の格言だ？」

俺は絢子に気取られないよう――当然手遅れだったろうが――頬に落ちた涙をさっとぬぐって訊ねた。

「これは私のオリジナル。たったいま、思いついた。でも本当に私が思った、本心からの言葉だよ」

「良い格言だ。いままでので一番良い」

俺が言うと、絢子はにっと笑った。

しばらく俺たちは見つめ合った。何も言わず、ただ見つめ合っていた。伝えたいことはある。たくさんある。だが言葉は、喉の奥に引っかかったまま出て行こうとしない。無理に吐き出してしまえば、それはもう本当に伝えたいこととは違うものになってしまう気がする。だから、何も言わない。

俺たちの立つ橋の下を電車が低い音を立て通過していく。

やがて絢子は最後にもう一度微笑むと、くるりと背を向け、いま来たばかりの道へと軽快に駆けだした。

「元気でね！　また一緒にコーヒー飲もう！　ミルクたっぷりで」

「コーヒーはブラックだ。それ以外認めん！」

「この頑固者！」

暗い闇の中に絢子が消えてしまっても、俺は二つの宝物を手に、しばらく駅前の光の下に留まっていた。

彼女のこれからの人生が、幸多きものであるように。そんなことを願って。そしていつかまた、二人、トルンカでコーヒーを飲める日を夢見て。

再会とは、人生における一番身近な奇跡である。

声に出して、つぶやいてみる。

きっとそうに違いない。彼女がいうのだから、間違いないのだ。

俺はひとつ大きく息を吸いこむと、改札をくぐって思い出の街をあとにした。

恋の雫

雫っていうわたしの名前は父がつけた。

小さかったころに父に由来を訊ねてみたら、

「おまえの名前はコーヒーみたいな子になりますように願ってつけたんだ」

そんな答えが返ってきた。

「旨いコーヒーを淹れるには、真心こめて豆から旨味を抽出《ちゅうしゅつ》してやる必要があるんだ。そうでなければ、豊かな香りと深い味わいは出せない。つまりは、カップにたまっていく雫の一滴一滴が旨味の凝縮されたものなんだ。そんな雫のように、おまえの人生も豊かで味わい深いものであればと思ってな」

なんか変なの。チュウシュツってなに？　そう思ったが、一方でその命名理由は、なんとなく父らしいような気がして、妙に納得したのも覚えている。

父は、わたしが生まれる前からこの店、純喫茶トルンカを営業していた。

袋小路にぽつんとある、三角屋根を頭にのせた小さなお店だ。窓際にテーブル席が五つ、カウンターには止まり木が六つ。くすんだレンガ模様の壁に、窓はステンドグラス調、テーブル、椅子はすべて木製。もとはおばあさんがやっていた喫茶店を引き継ぐ形ではじめたというだけあって、中も外も相当に古い。

マスター。お客さんは父のことをみな、そう呼んでいた。

「マスター、ブレンドちょうだい」

「マスター、私、アイスコーヒーね」

幼かったわたしにはもちろん意味なんてわからなかったけど、そう口にするひとたちからはどことなく父への敬意が込められているような気がして、不思議と誇らしい気持ちになったものだ。

だからわたしにとっての父とは、毎日カウンターの奥で良い匂いを立てながら寡黙《かもく》にコーヒーを淹れているひとのことだった。そしてその表情はいつも真剣そのもの。そういう父がつけてくれた名前だから、わたしの名前をコーヒーからとるのは案外妥当なことのように思われたのだ。

さて、そんな父の娘であり、名前もコーヒーにちなんでつけられたわたし。当然、コーヒーの味にもうるさいとよく勘違いされる。たまにお客さんに「やっぱりマスターのとこはネルドリップ式でしょ？　後味がまるで違うもんね」なんて話しかけられることもしょっちゅうだ。

ところがわたしは、コーヒーが実は全く飲めない。もうかれこれ十年くらい飲んでない。最後に飲んだのは小学校に入学して間もないころのこと。はじめて飲んで、それから嫌いになっていまに至る。だからネルドリップとペーパードリップの違いなんて、まるでわからない。

というのも飲んだ晩、ものすごい悪夢を見たのだ。

コーヒー愛好者たちに囲まれて育ったせいで、わたしは小さなころからコーヒーというものにずっと憧れを抱いていた。あんなに美味しそうに飲むんだもの、これはとびきり美味しいものに違いないって。でもねだってみたところで、父は「おまえにはまだ早いから」と飲むのを許してくれなかった。

飲ませてくれたのは姉だった。六つ違いの姉は、どこか大人びた雰囲気のあるひとで、中学にあがる少し前にはコーヒーを日常的に飲むようになっていた。ある日、わたしは姉が飲むために父が淹れたコーヒーをごねまくってこっそり譲ってもらった。「飲んでみたい気持ちはわかるけど、雫にはまだ無理だよ」姉にはそう言われたけれど。

カウンターの奥にいる父の目を盗んで、カップをぐいっと一気にあおった。味は、苦いという印象しかなかった。こんなものを大人たちはさも美味しそうに飲んでいたのかと、内心がっかりしたが、「ほら、無理しないで。残りはもらうから」と姉に苦笑されると、元来の負けず嫌いな性格に火がついて、喉が苦味でいっぱいになるのも、胃がむかむかするのも我慢して、まだ半分ほど残っていた黒い液体を最後の一滴まで飲みほした。

「美味しかった」

顔を思いっきりしかめながらも強がってみせると、

「今日の夜、眠れなくなっても知らないよ」

姉は自分の方にからになったカップを引きよせながら、哀れむようにわたしを見た。

「え？　なんで？」

「コーヒーにはね、カフェインっていうひとの気持ちを興奮させちゃう物質が入ってるんだって。それがね、慣れないひとにはちょっと刺激が強すぎる場合があるのよ。そうすると、夜眠れなくなっちゃうの。雫はいまはじめてコーヒー飲んだでしょ？　あなたはまだ七歳になったばかりだし、平気かなって」

「え、そうなの？　なんで早く言ってくれなかったの？」

わたしは焦って姉を責めた。姉は子どものころから本の虫というやつで、いろんなことを知っていた。そういう姉に落ち着いた口調でつらつらとそんなことを言われてしまうと、ものすごく心配な気持ちになってしまう。実際そうして話している間にも、暗示のせいなのか、本当にカフェインの作用なのか、頭の中が洗濯機の中に閉じ込められたみたいにぐるぐるまわりだした。

「お姉ちゃん、どうしよ」

「どうしようもないよ。もう飲んじゃったもん」

姉はいくぶん同情的に言ったが、でも雫が悪いんだよ、と肩をすくめた。

その夜、おそれていた通りになった。人生でこんなに頭が冴えわたっているのははじめてというくらいわたしは覚醒《かくせい》してしまっていて、布団の中で何十回も寝がえりを打っても、眠りは一向にやってくる気配がなかった。家の中はしんとして、おそろしく静か。何の音もしない。わたしだけがすとんと夜の深みにはまってしまったみたいで、心底恐ろしくなった。

そうして瞼を閉じては開けてを繰り返しているうち、わたしはいつの間に外を歩いていた。けれど目をつむってもどこになんの店があるかわかるくらい慣れ親しんだ商店街は、いつもとまるで違っていた。どの建物も溶けたチーズみたいに形が歪んでいるし、通りにはひとっこひとりいない。街灯はちかちかと明滅を繰り返し、パジャマ姿に裸足《はだし》のままのわたしの影は悪魔みたいなおそろしげな形となって道路にのびていた。

家に帰らなくちゃ。わたしは鉛のように重たい体を引きずり、変わり果てた商店街をさまよった。けれどうちに続くはずの八百屋の脇にのびる路地が消えてしまっている。代わりに、そこには昼間飲んだコーヒーが入っていたカップみたいな真っ白い壁がそびえ立っていた。壁は不気味なほど冷たくて、押しても叩いてもびくともしない。

どうしよう、うちに帰れない。一生この間違った世界から出られない。

いよいよ絶望的な気持ちになって、わたしはぼろぼろ泣きだした。コーヒーなんて飲むんじゃなかった！　あれは口にしちゃいけない飲み物だったんだ。ああ、どうか神様、わたしをもとの平和な世界に返してください！

誰かに揺すられて目を覚ますと、そこはいつもの部屋だった。いつの間にかすでに朝で、カーテンの隙間からはさわやかな朝日が漏れていた。

わたしは陸にあげられた魚みたいに体をびくびくさせながら、うなされていたらしい。

「ちょっと雫、あなた、大丈夫？」

覗き込むようにしてわたしを見ている母に声をかけられても、しばらく呆然としていた。夢だったのだ。でもどこから？　一体いつ眠ったんだろう？　何もかも判然としないまま、それでも無事に帰ってこられた安堵で、わたしは母にしがみつくと、わんわん泣きまくった。

その後、結局コーヒーを飲んだことがばれ、父にはこっぴどく叱られ、「もうおまえは当分、コーヒー禁止だ」と言われたが、そんなこと言われるまでもなくコーヒーなんてこっちだって見るのもいやだった。

そんなわけで、わたしがコーヒーを飲んだのは、その一度きり。さすがに高校生になったいまは、もうあんな悪夢を見ることもないとは思う。でも万が一ってこともある。あんな奇妙でリアルな悪夢を見るなんて、もう絶対いや。二度とあんな奇妙な世界には紛れこみたくない。考えただけで、背筋がさっと冷たくなる気がする。

「なるほど。雫ちゃんのコーヒー嫌いにはそんな理由があったんですねえ。とっても興味深いです」

トルンカのいつもの平和な午後。千夏さんはわたしの話を聞き終えると、すっかり感心してしまったようだった。わたしとしてはちょっとした世間話のつもりだったのに、そんな風に予想以上の反応をされてしまうと、妙に照れる。

長かった梅雨も明け、七月下旬のいま外は夏一色だった。ペンキで青色を塗りたくったんじゃないかと疑いたくなるほど真っ青で平板な空に、もくもくと煙のような白い雲。雨ばかりが続いた日々が嘘のように、高校が夏休みに入ってからというもの、毎日からっと晴れた天気が続いている。

近所に住むイラストレーターの絢子ねえちゃんをはじめ、粘り強くホットコーヒーを飲んでいたお客さんたちもひとりまたひとりとアイスコーヒーに切り替えていき、いまだにホットを頼むのは千夏さんくらいのものだ。

「でも雫っていう名前の由来、とっても素敵ですね。コーヒーのように豊かで味わい深いひとになるようになんて。さすがマスターです」

千夏さんはコーヒーカップに口をつけながら、カウンター奥にいる父の方を見て言った。父は千夏さんの言葉は聞こえなかったようで、黙々とグラス磨きをしている。もっとも、若くて可愛い女の子に褒められて調子に乗られては困るから、わたしも伝えてやらない。代わりに今日の本題に話を戻すべく、千夏さんに話しかけた。

「それより相談ってなんですか？」

今日はなんでも千夏さんから相談があるということで、こうしてお茶していたのだ。千夏さんはうちの常連さんで、照れ屋で大人しくて、とっても可愛らしいひと。少しだけ姉に雰囲気が似ている。もちろんそれだけが理由というわけではないけれど、わたしは彼女が大好きだ。わたしで良ければいくらでも相談くらい乗ってあげたい。

「実はその、修一さんのことで雫ちゃんに相談したくて」

「え？　修一君？」

わたしの問いに真面目な顔で頷くので、

「いやあ、修一君のことなら千夏さんの方がずっと知ってるでしょ？」

にやにやして言うと、千夏さんはすっかり照れてしまいいつものように前髪をぐいぐい引っ張る。

「いえ、あの。なんと言いますか、ちょっと迷ってまして」

「ほうほう。なにを？」

わたしは持ち前の好奇心を全開にして、テーブル越しに身を乗り出した。うちのバイトの修一君と千夏さんは、去年の年末に劇的な出会い方をして、どういう経緯をたどったのか、いまではトルンカ公認の恋人同士だ。普段千夏さんは照れてしまって修一君の話は滅多にしてくれないので、これはとても珍しい。

「来月は修一さんの誕生日ですよね？　それでその、プレゼントを渡そうと思うんですが、何がいいのかなと」

「なあんだ、そんなことかあ。そういや修一君って夏生まれなんですよね。ぜんぜんイメージに合わないけど」

あはは、と千夏さんは小さく笑った。

「そうですね、ちょっとイメージとは違うかな」

その話題のひと、修一君は最近忙しいらしくトルンカのバイトを休みがちだ。懸命な就職活動のおかげで無事編集プロダクションに内定も決まり、夏休みのあいだはそこで研修をかねアルバイトすることになったらしい。これは間違いなく千夏さん効果だ。ちょっと前までは「一生学生のままがいい」などとのたまっていたくらいなのに。

「でも私は、あんまり無理して体を壊したりしないかと心配なんです」

千夏さんはひどく心配そうな顔で言う。だからなおさら素敵なプレゼントをあげて喜ばせたい、と言う彼女の表情を見ていると、本気で修一君を好きだということが伝わってくる。わたしはジンジャーエールを飲みながら、ふむ、これが恋か、とひそかに思う。

「なるほどねえ」にやにや笑いをこらえつつ千夏さんに言った。「修一君っていうと、なんか古いものが好きだよね。レトロ趣味っていうの？　レコードとか集めてるらしいし。うちの店が好きでバイトまでしちゃうくらいだし」

「そうなんです。だからなにかそういうものがいいかと思ったんですが、私は詳しくないので。このへんにはそういうレトロな雑貨とか売ってるお店いっぱいありますよね？　雫ちゃん、どこか良いところ知りませんか」

うーん。わたしはストローをかじりながら唸った。同年代の女の子が好むものならいくらでもこの近辺で探しだせるけど、相手はじじ臭さ満載の修一君。喜びそうなものなど見当もつかない。

「そうだ、じゃあ来週の日曜に一緒に探しに行きます？　このへんのお店の場所はだいたいわかるから案内くらいできるし」

「え、いいんですか？」

「もちろん、ほかならぬ千夏さんの頼みだもん。それにわたしも五月の誕生日に、修一君から図書カードもらったんだ。だからお返ししなくちゃだしね」

「じゃあ、ぜひお願いします」

そう言う千夏さんの顔は、やっぱり恋する女の子の顔だ。恋ってすごいんだなあ、ひとをこんな風に素敵な笑顔にさせちゃうなんて。

「すごいなあ」

考えていたら、言葉がもれていたらしい。「なにがです？」と千夏さんに首を傾げられてしまった。

「あ、いや、なんか好きなひとがいるってすごいねと思って」

自分で言っておきながら途中から照れくさくなって、笑ってしまった。

「雫ちゃんは好きな男の子、いないんですか？」

思いがけずそんなことを訊ねられ、わたしはますます笑ってしまう。

「いないよー、そんなの。最近、クラスの子たちがそういう話題ばっかするからちょっと困ってるくらいだもん」

「でもほら、あの幼馴染みだっていう男の子は？」

「え、浩太？　いやいや、ないない」

舌の上で転がしていた氷を吹きだしそうになりながら、わたしは即座に否定した。

「でも修一さんは、『浩太君は雫ちゃん一筋で、いつも熱烈なアプローチをしてる』って」

「違うって、あいつのあれはふざけてるだけ。挨拶みたいなもん。ぜんぜん本気じゃないの」

どうも妙な誤解を与えてしまっているらしい。

浩太とわたしは本当にそんなんじゃない。わたしたちはただの純然たる幼馴染みだ。家が五分と離れていない場所にあり、親同士も仲良し。おまけに幼稚園から高校までずっと一緒。まだオムツをつけているころから一緒に遊び、小学校では集団登校で毎朝顔を合わせ、それこそきょうだいみたいに育った。さすがにこの年になると毎日のように一緒にいるなんてこともないが、家族を除けば一番近しい存在であることは間違いない。でも、本当にそれだけ。それに浩太ときたら相当なバカ者なのだ。勉強はわたしよりできるが、とにかく人間性がバカ。そういうところは笑えるから好きだけど、恋の好きってのとは何億光年もかけ離れている。

必死にそう説明してみたのだが、千夏さんはどうも納得していないようだった。そこでわたしたちがどれほど色気のない間柄かを象徴するようなエピソードはないかと考えていたら、

「ちわっす、マスター。おほー、涼しいぜ」

噂をすればなんとやら。ドアベルがカラコロと鳴り、顔を見せたのは浩太だ。夏休みだからと昼近くまで寝ていたに違いない、寝ぐせで髪の毛が実験に失敗した博士みたいに爆発している。顔も眠たげで、いつもの間抜けさに磨きがかかっている。静かなひとの声であふれていた店の雰囲気が台無しだ。

浩太、おまえな、と早速だらしないのが大嫌いな父の声がとぶ。

「ひとの店に来るのにもうちょっとまともな格好できないのか」

「は？　なにが？」

浩太はTシャツにハーフパンツ、サンダルという自分の格好を上から下まで眺めて、

「いや、別に普通っしょ」と少しも悪びれる様子がない。そしてばかでかいあくびを一発かます。やれやれ、こんなやつの一体どこに、ときめけというのだろう。こいつに比べれば、まだチンパンジーの方が恋愛対象になりそうな気がする。

「浩太、夏休みだからってそんなだらだら――」

浩太は父がお説教モードに入ろうとするのを華麗に流して、わたしの方に近づいてきた。

「お、雫、いたんか」

父をこんなに適当にあしらえるのは、うちの店でこいつくらいのものだ。

「なによ、こっち来んな」

わたしが言っても、浩太はおかまいなしに隣に強引にお尻をねじ込んでくる。

「なんだよ、照れんなよ。そうか、いよいよ俺に惚れて——」

言い終える前に、頭を素早くひっぱたいてやった。

「いってえな、バカ。千夏さんの前だぞ」

浩太は寝ぐせだらけの頭をさすりながら、うめき声をあげた。

「バカの王様がよく言うよ。ちょっとは目が覚めただろ」

「とっくに覚めてるし」

「顎がはずれそうなでかいあくびしてたくせに」

「なに、俺のことずっと見ちゃってた?」

「いや、視線の先にあんたが勝手に入り込んできただけ」

「おい、雫。バカの相手はそのくらいで仕事に戻れ」

呆れ声の父が口を挟んでくる。

百聞は一見にしかず。いちいち説明する手間が省けたというものだ。わたしは対面の千夏さんに向かって、

「ね、絶対ありえないんだってば」

そう言うと、千夏さんは、はあ、と唖然とした顔で頷いた。

「でも二人はとっても仲良しですね。素敵です」

千夏さんが大真面目に言うので、わたしと浩太は顔を見合わせ、一斉にふき出した。

自分が誰かに恋をするところ。想像しようとしてみても、やっぱりぜんぜん現実味がない。それはまだまだずっと先、そう、それはコーヒーを飲めるようになる日が来るのと同じくらい、遠い先のことのように思えた。

「今年の命日だけどな」

夜、店の後片付けを手伝っていたら、父がぽつりと言った。

「ん?」

わたしはテーブルを拭いていた手を止め、レジスターの傍らで本日の売り上げを集計中の父を見た。

閉店したばかりの時間というのは、いつだって少し寂しい。あまりにしんとしすぎてい

て、なんとなく落ち着かない気持ちになってしまう。こういう話題になると、父はいつも小声で話すものだから、なおさらその気持ちが強くなる。

以前は店を閉めてからが家族の時間になるから、わたしは逆にこの時間になるのを喜んだ。でもいまは違う。たった三十分前、お客さんたちがいた時間がすごく恋しくなってしまう。いまでは一日の終わりが、一番嫌いな時間だ。

「今年は七回忌だから、お寺でやるからな」

「あ、そっか。うん、わかった」

エアコンの微風を受けて頼りなく揺れる吊りランプを眺めながら、頷いた。

「まあ、気張るほどのもんじゃないさ。ちょっと親類を呼んで、住職にお経をあげてもらって、あとは適当に飯食うだけだ」

「うん。お母さんに連絡は？」

「してある。してなくても忘れるはずないけどな」

「そりゃそうか」

母はちょっとした事情により、いまは海外で暮らしている。かなりの僻地にいるため、連絡が途絶えがちだ。でもそれは余計な心配だったようだ。

「当日はみんな喪服なの？」

「そのつもりだ。七回忌だし、わざわざ真夏に喪服で来させるのも悪いと思って、親戚には好きな服装でいいって連絡したんだけどな。美津子《みつこ》おばちゃんに猛反対されちまった」

「ああ、普段はぜんぜん疎遠のくせして、そういうとこだけやかましいよね。やれ『まわりにしめしが付かない』とか『うちの親族に恥をかかせるな』とか」

わたしは美津子おばちゃんの口調を真似て、わざとらしく肩をすくめてみせた。

「いいんだよ、わざわざ来てくれるだけでもありがたいんだから。おまえ、みんなの前でそんなわかりやすい仏頂面するなよ」

「わかってるって」

親戚づきあいって心底面倒くさい。あのひとたちにわたしたち家族の悲しみがわかってたまるもんか。それなのに形や体裁ばかり気にする。うちを離れて暮らしている母のことも、なんの事情も知らずにあしざまに言う。なんにも知らないくせに。考えていると腹立たしくなって、みぞおちのあたりから怒りがこみ上げてきた。

父はそんなわたしの様子に気づいたようで、カウンター越しに言った。

「いいんだよ、俺たちがわかってれば」

いつもの厳しい感じの声ではなく、やさしく諭すような声だった。

「うん」

わたしは素直に頷くと、お先に、と父に声をかけて二階にあがった。外の空気でも吸って頭を冷やすかと、ベランダに出た。足元の蚊取り線香にマッチで火をつけ、柵に体重をあずける。

東京といえども、下町の夜は早い。

まだ十時前、どこの家も寝ているわけでもないだろうに、あたり一帯が魔法にかけられたみたいに静けさに包まれている。うちの店へと続く細い路地、通称トルンカ通りには、てんてんと街灯の明かりが寂しげに浮かんでいる。その中をなにか正体不明の黒い物体が一瞬通りすぎていく。たぶん、野良猫だろう。柵にもたれかかってじっと動かないでいると、昼間の熱気を残した生温かい風が頬に触れてくる。

黒い空に星が鈍く瞬いている。無意識にわたしの視線は、夏の大三角を探している。姉がずっと昔に教えてくれた、星々の名前を思い出しながら。

デネブ、アルタイル、ベガ。

なんだか呪文みたいだね。わたしがそう言うのを聞いて、姉はくすくすと小さく笑ったものだった。まるで特別な秘密を教えてくれるみたいな、親しげな声で。

お姉ちゃん。

心の中で呼びかけてみる。

そっちの世界はどう？　元気にしてる？

こっちはお父さんもお母さんもわたしも元気だよ。谷中は今日も平和だったよ。みんな、親切で、面白いひとばかりだよ。

ねえ、信じられる？　わたし、お姉ちゃんの年に追いついちゃったんだよ。でもさ、ぜんぜんお姉ちゃんみたいになれない。コーヒーだってまだ飲めないまま。恋だって知らない。十七歳のお姉ちゃんはすごく大人びてたのに、この違いってなんなんだろね。

星ははるか頭上で鈍く光るだけ。わたしはずっと空を見ている。


千夏さんと、陽が高くなりすぎない午前中に待ち合わせた。それでも駅前に立つわたしたちに強い日差しが降って来る。豊かな緑に囲まれた谷中霊園の方から、油蟬《あぶらぜみ》のけたたましい鳴き声がここまで響いてくる。

「蟬の声、すごいですね」

千夏さんは今日もとても可愛らしい格好をしている。水色のサマーセーターに、レースのロングスカート。こんな暑い日でさえ、どこか涼やかさがある。わたしにはまるで似合わなそうな、女の子らしい服装。

こういう服の趣味とかが姉に似てるんだよな。わたしは心の中で思う。胸に小さな痛みが走る。いつものことだ。姉に少しでも背格好や服装、雰囲気、声の似た年上の女性たち。道行く知らないひとにまで共通点を探してしまう。そして想像する。姉が無事年を重ねていたら、こんな風だったかもしれない、あんな風になっていたかも、と。

無意味で、子どもじみてる。

「どうかしました?」

駅前で立ち止まったまま動こうとしないわたしに、戸惑った千夏さんが訊いてくる。わたしは慌てて明るい声で応えた。

「ううん、なんでも。さあ、行きましょう!」

蟬のフェスティバル会場と化した霊園を抜け、さんさき坂をくだっていく。アンティークショップや雑貨屋のほとんどは路地に点在しているので、効率よくまわらないとこの暑さでは身がもたない。地元っ子であるわたしの出番だ。

猫グッズばかりを集めた雑貨屋や、千代紙専門店。そんな珍しい店もはさみつつ、わたしたちは谷中近辺をぐるぐるめぐった。少し歩いては店に入り、商品をチェックし、遠く陽炎《かげろう》が揺れる上り坂をまた歩いていく。途中、あんみつ屋で休憩をとったりしつつ、思いつく限りの店を案内した。

団子坂をふうふう息をつきながらのぼっているところで、これから区民プールに行くらしい小学生男子の集団に出くわした。みんな、夏はこれからが本番だというのにすでに真っ黒に日焼けしている。その集団に浩太の弟の洋平がいて、「あ、雫だ、雫だ」と騒ぐので、「雫さんだろ」と頭にチョップをくれてやった。こいつは顔といい、生意気なところといい、小さかったころの浩太にそっくりなのだ。

結局千夏さんは、よみせ通りに週末になるとあらわれる流しのかばん屋さんで、かばんを購入した。帆布《はんぷ》を素材にしているというそのかばんは、丈夫で、シンプルなつくりが売りだった。これならば修一君も間違いなく気に入るだろう。仕事にも活用できそう。わたしも同じ店で、小銭入れを買った。

「今日はありがとうございました。雫ちゃんがいてくれて助かったし、楽しかった」

買い物が無事済んだところで、千夏さんにあらたまって言われてしまい困った。そんなの気にしないでください、そう言ったのだが、

「今日だけじゃないです。雫ちゃんにはいつも元気をもらって、私、とても助けられてるんです。きっと雫ちゃんみたいにひとを明るくできるのって、もともとの才能なんでしょうね。心からすごいと思います」

そんなことをいつもの生真面目な声で言ってくるので、褒められるのが苦手なわたしは背中がかゆくなってしまった。

「あの、千夏さん。それなら今日のお礼ってことでひとつお願い聞いてもらえますか？」

わたしが言うと、「なんでしょう？　私にできることだといいんですけど」と千夏さんは不安そうな顔で訊いてくる。

「わたしに敬語使うのやめません？　千夏さんの方が年上なんだし、なんだか他人行儀っぽくて嫌だ。前に敬語じゃないと話せないって言ってたけど、わたしにはもっと気楽に接してほしい。だって友だちでしょ？」

わたしがにっと笑って見せると、千夏さんはかすかに頬を染め、はい、と小さく笑った。

「じゃあ、トルンカに戻るとしますか」

「はい。じゃなくて、うん」

そうして二人して青い空の下、商店街を目指し大通りを歩きはじめた、そのときだった。

前から、黒縁眼鏡に白いシャツ姿の若い男のひとがやってきて、おしゃべりに興じるわたしたちとすれ違った。

すれ違いざまに、わたしはふと振り返った。なにか後ろ髪を引かれる気がして、不意に胸が騒いだ気がして。

「雫ちゃん？」

隣で千夏さんが呼んだ。

男のひとはそのまま真夏の太陽が照りつける通りを歩いていく。なぜだか振り返るような気がした。それでじっと見ていたら三メートルほど離れたところで、本当にぴたりと立ち止まった。

ゆっくりと、そのひとが振り返る。

わたしたちはしばらく見つめ合った。彼が一歩こちらに足を踏み出し、わたしをさらにまじまじと見た。

「もしかして雫ちゃん？」

「あ」

声を聞いて、やっと確信できた。

「荻野《おぎの》……さん？」

わたしが言うと、彼は早足で近づいてきた。眼鏡の奥の瞳が嬉しそうに笑っている。

「やっぱり雫ちゃんだ。久しぶり。大きくなったねえ」

あまりに突然のことに、気持ちの処理が追いつかなかった。口をきけないまま、まじまじと目の前のひとを見つめてしまう。

ああ、たしかに荻野さんだ。かつて姉の恋人だったひと。姉が死んでしまって、それ以来、ぷっつり縁が切れてしまったひと。

正直、彼の存在はいまのいままで、忘れ去っていた。それでもすれ違った瞬間に胸が騒いだのは、心の奥ではまだきちんと覚えていたという証明なのかもしれない。

「雫ちゃんのお知り合い？」

わたしはかなり動揺していたのだろう。声をかけられるまで、千夏さんが横にいることさえすっかり忘れてしまっていた。

「あ、うん。ちょっと知り合いで」

荻野さんは千夏さんに小さくお辞儀した。千夏さんもそれに返す。

「あの、私、先にトルンカに行ってましょうか。じゃなくて、行ってようか」

「あ、えっと」

窺うように荻野さんを見ると、

「いえ、そんな申し訳ないですから」

そう言って、じゃあ、雫ちゃん、またね、と行ってしまいそうになる。

「待って！」

気がついたら、わたしはその背中を大きな声で呼びとめていた。

団子坂の途中にある森鷗外記念館。その敷地内に併設されたカフェは、とても上品な雰囲気だった。壁はガラス張りで、お茶を飲みながら庭園が見渡せるつくりになっている。庭園の隅には大きなイチョウの木があって、青々とした立派な葉が風に気持ちよさそうにそよいでいた。

ちょっと話がしたい。そう言ったのに、「だったら森鷗外記念館に行こう」と提案されたときは、なぜ記念館？　とわけがわからなかったが、こんな素敵なカフェがあったとは。

「いいところですね」

もともとこの場所は森鷗外の旧居があったところだ。その跡地に記念館が建ったのは割と最近のことで、森鷗外を現国の授業でしか知らないわたしには今日までまったく無縁の場所だった。

「でしょう。ここ、のんびりできるから気に入ってるんだ」

席に座ってからしばらくのあいだ、荻野さんはずっとこちらに視線を向けて微笑みを浮かべていた。窓の外に広がる美しい庭園の方には目もくれず。それは小さな子どもに大人が注ぐようなやさしげな視線で、わたしとしては戸惑うばかりだった。

ああ、このひと、めちゃくちゃわたしのこと、子ども扱いしてるな。

彼にとってわたしという人間は、いくつになろうと好きだったひとの年の離れた妹という印象が第一なのだろう。でも考えてみれば、最後にわたしたちが会ったときの荻野さんの年齢と、いまのわたしの年齢はひとつしか違わないのだ。荻野さんだってあのころは高校生だったのだから。当時彼にとってわたしが幼い子どもだったのは、まあしょうがない。でもいまもそういう態度なのは、どうも釈然としない。

彼のそんな印象を少しでも払拭したくて、無駄だとは知りつつ、わたしはなるべく大人びた口調を心がけた。

「なんだか無理に呼びとめてしまってすみませんでした。ご迷惑じゃなかったですか？」

「ううん、ぜんぜん。今日は仕事が休みで、馴染みの古本屋に行くくらいしか用事もなかったから。雫ちゃんの方こそよかったの？　お友だちと一緒だったようだけど」

「大丈夫です。もう用事は一応済んでましたから」

千夏さんには先にトルンカに行ってもらった。きっとわたしと彼の関係を不思議に思ったことだろう。でも説明なんてしている余裕はなかった。ここで荻野さんを行かせてしまったら、もう二度と会えないような気がした。

「そっか、ならよかった。それにしても本当に久しぶりだねえ。えっと六年ぶり、になるよね。元気だった？　いまは高校二年生になったのかな」

荻野さんは依然わたしににこにこと笑顔を向け、アイスコーヒーを一口飲んだ。喉を通過するときに、喉仏が大きく上下する。まるでそこだけ別の生き物みたいで、わたしは思わず凝視してしまう。

以前は華奢なイメージのひとだった。いまでは首まわりも肩幅もかなりがっしりしている。白いシャツから覗く二の腕も細くはあるが筋肉質。顔からも当時の少年らしさは消え、ずいぶんと凛々《りり》しくなった。全身から、そこはかとなく大人の余裕が垣間みられる。浩太もあと、六、七年もすればこんな風に大人になっちゃうんだろうか。いや、むりむり。荻野さんと浩太じゃ、もとのつくりがまるで違う。

あのころの荻野さんと、いまの荻野さん。その違いにいちいち内心で驚きつつも、なんでもない顔でアイスティーに手を伸ばした。

「わたしは変わらず元気にしてます。荻野さんはお元気でしたか?」

「元気だよ。大学でずっと京都に行ってたんだけど、去年、就職でまたこっちに戻ってきたんだ」

「そうだったんですか」

「ご両親は元気かな。お店、いまもやってるんだよね?」

「はい」

「そっかあ。もうトルンカにもずいぶん行ってないなあ」荻野さんは目を細めて、当時を懐かしむように言った。「ほんとはこっちに戻ってきてすぐに挨拶に行こうかと思ったんだけど、なんか行きづらくってね」

「え……？」

「僕、雫ちゃんたちにすごい迷惑かけちゃったでしょう？」

「迷惑？」

わたしはぜんぜんピンとこなくて訊ね返した。彼に何かされるようなこと、あっただろうか。まるで心当たりがない。

「だってほら。僕、お葬式のときに号泣しちゃったでしょう、棺《ひつぎ》にすがりついて。あのときは動転しちゃって、あんな行動してしまって」

「そんな、わたしたちは別に……」

荻野さんは静かに首を振り、窓の外の景色に視線を向けた。

「本当に申し訳ないことをしちゃったと思ってる。雫ちゃんたちの方が悲しいに決まってるのに、半年も前にふられた男がそんなことしちゃってさ。あとになってなんて自分勝手なことをしたんだろうって、もう本気で落ち込んだ。それ以来、マスターに合わせる顔もなくて。本当は大学に行くときに挨拶に行くべきだったんだけどね。すごく御世話になったんだし」

「そんなこと、本当に気にしてません。というか正直、あのときは荻野さんのこと、気にかけてる余裕なんてうちにもなかったから……」

そんな風に荻野さんが思っているなんて知らなかった。それどころか、悲しいことを思い出すのが嫌だからという理由でうちに来なくなってしまったのだろう、と思っていたくらいだ。

「荻野さんさえよかったら、お店、また来てくれませんか。お父さんも絶対喜びます」

父は荻野さんのことを姉の恋人ということを抜きにしても、好きだった。間違いなく、喜ぶはずだ。

「そうかな。行っていいのかな」

「もちろん」

「じゃあ、近いうち寄らせてもらうかもしれない」

荻野さんがにこりと微笑む。とても感じの良い笑顔だった。

「あのう、ひとつ訊いてもいいでしょうか」

わたしはその笑顔に甘えて、ちょっと訊きにくいことを口にした。

「姉とはどうして別れちゃったんですか？」

荻野さんと姉はたった一年も持たず、別れてしまった。周囲からはお似合いの二人だ、とずっと言われていたにもかかわらず。いまさら訊くようなことでもないのだろうが、ずっと腑《ふ》に落ちないでいた。

「ああ、そのこと」

荻野さんの笑顔が一瞬揺らいだ気がした。でもまたすぐに笑顔になる。わたしも気づかない振りをする。

「僕がふられたんだよ。『好きなひとができたから別れて』って」

「そうだったんだ……。だから姉は、荻野さんにはきっと恨まれてるって言ってたのか」

「え？　恨む？」

荻野さんは本気でびっくりしたようで、大きな声をあげた。

「すみません、へんなこと訊いちゃって」

「そんな、まさか恨むなんて。いや、あの当時は恨んでたかな。ふられた直後は何日もまともに眠ることもできなくて、悲しくて、会いたくて、なんにも信じられない気持ちになった。でも僕はね、君のお姉さんのこと、本当に好きだったんだよ。はじめての本気の恋だった。高校生の分際でだけど、一生一緒にいるんだとか、本気で夢見てた。だって彼女より素敵なひとと出会えるなんて思えなかったから。だからふられようが何しようが、やっぱり僕は彼女が心底好きで、死んでしまったなんて信じられなかった。いや、信じたくなかった。彼女が死んじゃったときの悲しみは、ふられたときの悲しみなんかの比じゃなかったよ」

俯き加減で話す荻野さんの口調は苦しげで、まるで昨日のことを振り返っているかのようだった。それから突然現実に舞い戻ったみたいに対面のわたしを見た。

「あ、ごめんね、無神経なことをべらべら喋ってしまって。雫ちゃんもこんな話、聞かされるのは嫌だよね」

わたしは黙って首を横に振った。いつの間にか美しい庭園も風にそよぐイチョウの木も視界からは消え去り、ただ荻野さんだけを見ていた。

そうして彼の言葉に耳を傾けながら、わたしは姉のことや荻野さんがやってきたころのことを、ぼんやり思い出していた。


姉は、菫《すみれ》という名前だった。生まれたのは、両親がトルンカをはじめる直前のことだったらしい。

菫という古風なイメージのあるその名は、姉という人間にはぴったりだった。

無口で、引っ込み思案なひとだった。本を読むのを好み、思索にふけるのが好きだった。トルンカでもいつもそうして文庫本を片手に、隅っこでぼんやりしていた。目立たず、でしゃばらず。そういうところは父に似たのかもしれない。

それでもわたしが話しかければ、いつでも話を聞いてくれた。「うん、うん」と言葉少なにわたしの話に耳を傾けてくれる姉が、わたしは大好きだった。とびぬけて美人だったということもなかったが、姉にはどこか神秘的な雰囲気があった。

姉がいると、トルンカのただの隅っこの席でさえ、自分たちのいる場所と空気が違う気がした。そう感じていたのはわたしだけでなく、それを証拠に、うちの店にやってくるお客さんたちも、「菫ちゃんってまるで絵の世界から飛び出てきたみたいだねえ」なんて口にするのを何度も聞いたことがある。

トルンカの長女は大人びていて神秘的。次女は甘えん坊で好奇心旺盛。そんな風に、わたしたち姉妹は、周囲の大人に認識されていた。

姉が高校生になって少ししたころだ。トルンカに、ひとりの男の子を連れてきた。色白で癖っ毛が特徴的な男の子。頭はいかにも良さそうだけど、運動とかは苦手そうな男の子。

「同じ高校の先輩で荻野和彦《かずひこ》さん」

姉は少し照れながら、彼をわたしたちに紹介した。

それから彼はたびたびうちの店にやってくるようになった。姉は最初、彼のことを荻野先輩と呼んでいた。それから間もなく、カズ君に変わった。まだ小学五年生だったわたしにも、そこにどんな意味合いが含まれているかは十分伝わってきた。

荻野さんは、穏やかで、ひと当たりの良い少年だった。いつもにこにことして、わたしにも親切だった。だけど、どこかこの世界にうまく馴染めていないような、数ミリだけ足元が地面から浮いているような、そんなふわふわした異質な空気感を子ども心にも彼からは感じた。彼のやさしい微笑みには、何かに対してすでに諦めてしまっているかのようなものが、奥に透けて見える気がした。そしてそれは、わたしが姉にずっとひそかに感じていたものでもあった。

そんなよく似た魂の共鳴みたいなものが——もちろんそのころはそんな風に言葉で考えていたわけではなく、もっと漠然とした感覚でだが——ふたりを結びつけたのではないか。わたしはそんな風に思っていた。

そのせいで、そのころわたしは荻野さんのことがあまり好きではなかった。あまりに二人は馴染みすぎていて、二人だけで完結してしまっていて、そこにわたしの入るスペースはないように感じられた。彼といるとき、姉はわたしたち家族にも見せたことのない安らいだ表情を見せた。それはようやく自分のより所となる場所が見つかった、という安堵の表情に、わたしには見えた。

彼がうちに来ると、わたしはたちまち不機嫌になった。姉をとられてしまう。姉のことが大好きだったわたしはそんな嫉妬心と危機感を抱いていた。父と母が、彼のことをすっかり気に入ってしまっているのも面白くなかった。

その彼がぱったり来なくなったのは、姉が高校二年にあがって間もなくのことだった。

荻野さんはどうしたの？

わたしがある日、おそるおそる訊ねると、

「なんか一緒にいるの飽きちゃった」

姉はこともなげに言い放った。

「それって別れたってこと？」

「まあ、そうなるかな」

聞かされた瞬間はただ愕然とするばかりだったが、その一方で姉が気の変わりやすいひとであることも知っていたから、姉らしいといえなくもなかった。そうか、恋ってのは一時期だけの魔法で永遠には続かないんだな。わたしはやけに達観した気持ちで、姉たちの恋の終わりからひとつの教訓を学び、同時にひそかに喜んでもいた。これでまた、全ては元通りになる、と。

でも、そんな喜びはちっとも長続きしなかった。姉がそれからほどなくして入院したのだ。

わたしには何がなんだかさっぱりだった。でも時間が流れれば流れるほど、事態が深刻になっていくことだけはわかった。自分にそれを止める手立てがないと知って、わたしは本当の絶望を知った。コーヒーを飲んだ晩に味わったあの絶望なんて、ただの子ども騙しだった。世の中にこんなに辛くて悲しいことがあるなんて、到底信じられなかった。姉がどんどん痩せていき、かつての見る影もなくなり、それでも希望を持ち続けなければいけない。こんな無茶苦茶な話ってない。

入院して三カ月、八月の終わりに姉は死んだ。

最初のうちは、あの冷静な姉が、とこちらがびっくりしてしまうほど取り乱し、父や母に当たり散らすこともあったが、最期の一カ月はまたいつもの無口でやさしい姉に戻っていた。わたしを病室に招き入れ、わたしの身にその日あったことを聞くのを喜んだ。そして静かに笑っていた。そのかすかな微笑みを残したまま、あっさりと眠るみたいに逝ってしまった。

お葬式では、ただ茫然としてしまい涙も出なかった。父も母も惚《ほう》けてしまい、残されたわたしたち家族三人は、まるで長い夢でも見ていた気分で、その場にいた。蒸し暑い日だった。とても疲れていて、どこでもいいからそのまま倒れ込んで、ただひたすら眠りたかった。

その何もかもがうっすらと靄《もや》のかかったような視界の端で、荻野さんは泣いていた。棺にすがりつくようにして。

このひとは一体何が悲しくて泣いているんだろう？

彼が泣き崩れている理由が、わたしにはわからなかった。

荻野さんに会ったのは、それが最後だった。

記念館を出たときには、日が暮れかけていた。昼間よりはだいぶ涼しくなり、空の高いところは紺色に染まりつつあった。

「とにかくまた来てください。約束ですよ」

別れ際、わたしはもう一度力をこめて、彼に言った。自分でもよくわからないが、どうしても彼にもう一度トルンカに来てほしかった。

「うん、わかった。ありがとう」

彼はそう言って、じゃあ、またね。会えてうれしかった、と駅の方へと歩きだそうとする。

「あ」

わたしは何か言い忘れた気がして、その背中に声をかけた。

「なにかな？」

彼が振り返り、不思議そうにわたしを見た。

言葉を探す。でも何も出てこない。

「いえ、なにも。あの、アイスティーごちそうさまでした」

彼は、あはは、と笑った。

「じゃあ、またね」

はい。わたしは手をひらひらと振る彼に向かって小さくお辞儀をすると、反対方向に向かってゆっくりと歩き出した。

父と二人での夕飯のあと、浩太の家を訪ねるため、家を出た。なぜだろう、なんとなくもやもやと気分が晴れず、今日のことを誰かに話して聞かせたかった。それに浩太の家という口実なら、夜に外出しても父にとがめられずにすむ。

月が明るく輝く晩で、空気も思ったよりやわらかかった。近所の家の庭に咲くタチアオイの花は、昼の暑さにやられてすっかりしなだれてしまっていた。

Tシャツにスウェットパンツというだらけた格好で、人気のない通りを歩くのはけっこう気分がいい。わたしはポケットに両手をつっこんで、シャッターの閉められた店が並ぶ中をぐんぐん進んでいき、そのあいだに考えるのは今日のことだ。

じゃあ、またね。そう言って手を振った荻野さん。わたしも素直に手を振り返せばよかったのだ。お辞儀なんてして、他人行儀すぎた。

でもそんな些細なこと、なぜわたしはこんなに悔やむ必要があるのだろう。不意に自分のおかしな考えにうろたえた。

浩太の家の前で形だけチャイムを押し、そのまま中に入った。

「兄ちゃん、雫が来やがった！」

昼に会ったときよりさらに真っ黒になった洋平に、「雫さんだと何回言えばわかる」とお決まりのチョップをくれてから、居間にいるおばさんに声だけかけて二階に上がる。

部屋を開けた瞬間、浩太のというか、思春期の男の子特有というか、そういう独特の匂いがかすかに鼻をかすめた。

「よう、マイ・ハニー。なんか用か」

浩太はテレビ画面の前でゲーム機のコントローラーを握り締め、わたしが入ってきても顔を向けようともしない。画面の中では血だらけのゾンビたちの群れが、浩太操る主人公の男にむかって押し寄せてきているところだった。

「お客が来たのに兄弟そろってなんつう態度だ」

こっちを見ずにひたすらボタン連打を続ける背中をつま先でこづいてみたが、

「おまえは客ではない」

いつだってこんな調子だ。もっとも、だから気が楽というのもあるのだけれど。

わたしは部屋を一通り眺めまわし、壁に張られたアイドルのポスターが別人になっている以外は前に訪ねたときと変わりないことを確認し、ベッドに腰かけた。そして床に転がっていたポテトチップスの袋を開け、何枚か口に放り込むと、ほとんどひとりごとをつぶやくみたいに今日の出来事をつらつら話して聞かせた。

「ふうん、スミねえの元カレか」

わたしが話し終えると、浩太は大して興味もなさそうに言った。

「俺も何回か会ったことあるよ。つっても、スミねえと一緒のところを道ですれ違ったことがあるくらいだけど。なんか大人しそうなひとだったよな。まあ、そういう意味ではスミねえとはお似合いだったけど」

もう少し驚いたり感動したり、なにかしらあるかと思ったが、ずいぶんと素っ気ない。

わたしはがっかりし、さらにちょっと悲しくなった。浩太も小さかったころは姉にとてもなついていて、「スミねえ、スミねえ」と姉のお尻を追いかけまわしてばかりの時期もあったのだ。仕方ないこととはいえ、やっぱりこの反応は少し寂しい。

「で？」

「『で？』って？」

「だからオチは」

「ないよ、そんなの。ただ会ったってだけ」

わたしは苛々して言った。こいつ、どうやら本当に興味がないらしい。

「おいおい、普通、話にはオチってのがつくもんだろが」

「あんたは関西人か」

「ちゃいますやん、ばりばりの江戸っ子でんがな」

わたしは枕を思い切り投げつけてやった。でも浩太はテレビからは一切目を離さないまま、さっと俊敏にかわした。

「甘いわ」

忌々《いまいま》しいやつ。こいつはなぜか運動神経だけは異常なほどいい。いまも所属するバレー部では二年で唯一レギュラー入りしているくらいだ。練習はサボりまくりのくせして。そのせいで一部の三年生からけっこうな嫌がらせを受けているらしいが、お得意の飄々《ひょうひょう》とした態度でそんな悪意さえもさらっとかわしてしまう。やってる方も、さぞ張り合いがないだろうな、と思う。

「でも、良かったじゃん」

浩太は一瞬だけ画面から目を離し、こちらを見た。

「なにが？」

「そのひと、元気そうだったんだろ。ずっと引きずってたら辛いじゃん。ちゃんと立ち直ったんだな」

「まあ、そうなんだろね」

「なに、その不満げな反応は」

「別に不満げじゃない。その方がいいに決まってる」

「あっそ」

浩太の言い分はもっともだ。わたしだってそう思ってる。

でも、わたしが伝えたかったのはそんなことじゃない。荻野さんが元気だったよ、とかそんなことを伝えたくて、わざわざ夜に訪ねてきたわけじゃないのだ。もっとこう、会ったこと自体の驚きを共有したい気持ちだったのだ。わたしは姉が死んだとき、世界の不平等さというのを嫌というほど知った。その痛みを家族以外のひとと、共有できたことなどない。でも今日、荻野さんとはできた気がした。そのことが嬉しくて、悲しくて、そしてその奥にもっと違う何かをまた、感じた。だけど浩太にそれが伝わらなくても仕方のないことだ。だってわたしがその気持ちを、言葉でうまく説明できないのだから。

テレビ画面では主人公が顔色真っ青のゾンビの群れに囲まれ、退路を断たれている。絶体絶命。でも浩太は焦ることもなく、正確な射撃でゾンビの頭部を狙い、ひとりずつ確実に始末していく。コントローラーのボタンが押されるたび、ドンとリアルな銃声があがり、肉片が飛び散る。おいおい、これってよく見れば18禁のゲームじゃないか。こいつ、なんてものをやってるんだ。

もやもやした気分を晴らしたくて来て、結局それも晴れず、おまけにグロいゲームを見せつけられ、わたしはだんだんむしゃくしゃした気分になってきた。邪魔してやれ。浩太の後ろにまわって、思いっきり腹のあたりをくすぐってやった。こいつは昔からくすぐりに弱いのだ。

「あああ、バカ、死ぬ！　やめて、マジやめて！　お願い！」

案の定ろくに操作ができなくなって、主人公は断末魔の叫びとともにゾンビたちに押し倒された。黒い画面に、おどろおどろしい血の色で、ＧＡＭＥ　ＯＶＥＲの文字が浮かび上がる。

「おまえ、なんてことしてくれんだよ。いまので弾薬使いきっちまったじゃねえか。もう金属バットで特攻かけるしかねえじゃん」

「知らんわ。そんな不健康なゲームやってるやつが悪い」

くすぐられているときの浩太の様子が面白すぎて、げらげら笑った。「なに笑ってやがる」と浩太に枕を投げつけられても、まだ笑いがおさまらない。

あーあ、やる気うせた。コントローラーを床に放り出して、浩太は寝転がった。

「ねえ、そのゲーム、ゾンビを殺しまくって何が楽しいわけ？」

わたしは純粋に不思議だったので訊ねてみた。

「別に好きで殺してるんじゃねえ。俺たち、人類が生き残るためだ」

「共存すればいいんじゃない？」

「それはありえんだろ。あいつらには知能なんてないんだ。ただひとを闇雲に襲って、仲間を増やしてく。考えてみ？　もしこの世界がそんなのだらけになっちゃったら、もうみんな、パニックだろ。でも俺は違う。なにせこのゲームで鍛えたからな。だから雫、安心しろ。そんな日が来てもおまえだけは俺が守ってやるぞ」

「いや、来ないから」

「来るかもしれないだろ、アウトブレイクしちゃってさ」

アウトブレイクってなんのことだ。すっかりゲームに感化されちゃってさ。

「来たとしても、わたしはそんな世界で生きのびるよりゾンビ側になりたいよ。だってこの街の大半もゾンビになっちゃうわけでしょう？　お父さんも千代子ばあちゃんも絢子ねえちゃんも千夏さんも修一君も」

「なら俺もゾンビでいいや。一緒にゾンビになって幸せな家庭を築こう」

浩太はあっさりゾンビ派に寝返った。

「知能ないのに、家庭なんて持てるわけ」

「じゃあ家庭は諦めるから、遊んで暮らそう。毎日そのへん、ぶらぶらして暮らすんだ。で、たまに人間を襲う。内臓なんかはソーセージに、腕とか足の肉は燻製《くんせい》にして、食料は大事に食べよう。そうすりゃそんなにひとを傷つけないで済む。菜園をやるってのもいいかもな。とにかく、そんなゾンビ的シンプルライフを送るんだ」

浩太はそう言うと、ひひひ、と子どもっぽい笑い声を上げた。

「なんかもう、バカすぎて付き合ってられん」

こいつはほんとに昔から変わらない。わたしはベッドから跳ね上がり、部屋を出ようとした。

「おい、雫」

振り向いて、びくっとした。さっきまで寝転んでいたはずの浩太が、思いがけず真剣な表情でこちらを見ていたからだ。

「なに？」

わたしは警戒しながら訊ねた。

「おまえ、大丈夫なのか？」

浩太は声まで低くなって、わたしに言った。

「なにが？」

「もうすぐスミねえの命日だろ」

「ああ……」

浩太の言う意味がやっとわかって、わたしまで低い声になった。この数年、八月の終わり、つまり姉の命日が近づいてくると、心と体がうまく機能しなくなってしまうのだ。頭痛や吐き気に襲われ、ひどく神経質になり、なんてことない場面で泣きだしたりしてしまったりする。傍から見ていると、常に気が張り詰めた様子で、言動もどことなくちぐはぐになるらしい。最初の一年目なんて特にひどくて、ずっとベッドから離れられなかった。

浩太はそのことを言っているのだ。

「まだ大丈夫」

壁にかかったカレンダーを確認する。今日は八月三日。来るとしても、まだ先のことだ。

「てか今年はさすがに平気かもしれない。去年も大したことなかったしね」

「そか。ならいいんだけど。おまえはスミねえにとらわれ過ぎてるところがあるからな」

「とらわれ過ぎってなに？」

浩太の言葉の意味がわたしにはまるでわからない。

「言葉のまんまだよ」

「わかんないよ。わたしのお姉ちゃんなんだから当然でしょ」

「そうだけど……」

浩太はそう言うと、顔をしかめて頭をぽりぽり掻いた。

「まあ、いいや。うまく言えん。忘れてくれ。とにかく辛いときあったら、俺に言えよな。おまえはつくりが単純なんだから、無理なんてしてもいいことないぞ」

「なんかやけにやさしいじゃん。あ、それでこのあいだ貸した五〇〇円、チャラにしようって魂胆？　わたしはそんな甘くないよ、なにせ元借金取りの娘だからね」

わたしは茶化して言った。真面目な浩太ってぜんぜん浩太らしくない。そんなこと面と向かって言われると、くすぐったくなってしまう。

「おまえが心配なんだよ、文句あっか？」

浩太はそれでも乗ってこなかった。挑むような顔でわたしを見てくる。きっと照れくささをごまかそうとしてるんだろう。

わかってる、わたしのこと、浩太なりに心配してくれているのだ。普段おバカな言動ばかりでも、本当はわたしのことを誰よりも気にかけてくれている。

鬱陶しいと思うこともしょっちゅうだけど、幼馴染みってなんてありがたい存在。そう思ったら、素直に感謝の言葉が出た。

「浩太、心配してくれてあんがとね。なにかあったら、ちゃんと言う」

「ふん」

浩太はわたしが部屋を出ていくまで、ずっとそっぽを向いていた。

荻野さんがトルンカにやってきたのは、それから一週間近くあと、もうお盆も間近に迫ったころだった。

それまでの一週間、わたしは夏休みだというのにどこにも遊びに行かず、毎日朝から夕方までトルンカの手伝いに入っていた。修一君のいない穴を埋めるためだ。

でも本当はそれだけじゃないのもちゃんとわかっていた。心の片隅で、ずっと荻野さんの来店を待っていた。

スカイブルーのシャツ姿の荻野さんはドアの前で一度立ち止まると、外の強い陽光を浴びながら、懐かしそうに眼鏡の奥の目を細めて店の中をぐるりと見回した。それからうちの店がまったく変わっていないことに安堵したかのように、小さく微笑んだ。

「いらっしゃいませ」

彼が店に入ってきた瞬間、心臓がびくっとはねた気がした。でも、決して表には出さず、笑顔で迎え入れた。

「やあ、雫ちゃん。お言葉に甘えて来させてもらったよ」

「誰かと思ったら、荻野君じゃないか。暑かったでしょう。さあ、こっち座って」

父は荻野さんを見るなり、たちまち笑顔になり、カウンター席に呼び寄せた。

「マスター、ご無沙汰してます」

いまではすっかり大人の荻野さんが叱られるのを恐れるような声で言うのが、おかしかった。

「雫と偶然会ったそうだね。来てくれてうれしいよ。こんなに立派になっちまって」

父は荻野さんを眺めて、心からうれしそうな声をあげた。こんな満面の笑みを浮かべる父は、かなりレアだ。そんな二人のやりとりを見ていた常連客の滝田のじいさんが、「雫ちゃん、あのひと、誰？」と小声で訊ねてきたので、わたしは「お姉ちゃんのお友だちだったひと」と答えた。

「ほう。菫ちゃんの」

なんにでも首を突っ込みたがる滝田のじいさんの目の色が変わる。まあ、変わったからといって放っておくしかないのだけど。

荻野さんがおそるおそるといった声で言い、父が不思議そうに彼を見る。

「あのう、マスター」

「なんだい？」

わたしと滝田のじいさんは、二人揃ってカウンター席の隅っこで父と荻野さんの話に耳をそばだてている。

「菫ちゃんのお葬式ではどうもすみませんでした。とんだ醜態をさらしてしまって」

「何を言うんだ。そんなこと、気にする必要なんてあるわけないだろう。まさかそれでうちの店に来なくなっちゃったのかい？」

父は心底呆れたという顔で荻野さんに言うと、わたしの方を向いた。

「やれやれ。雫、彼に何か言ってやってくれ」

「もう言った」

わたしが言うと、荻野さんがひどくばつが悪そうに頭をかく。

「じゃあ、俺から言うことはもうないな。そんなつまらないことで縁が切れちまうなんて、馬鹿げてるよ」

「すみません」

「大学でこっち、離れてたって？」

「はい。でもこちらに就職しましたのでまた舞い戻ってきました」

「そう、それはご両親も喜んだだろうね」

「いやあ、結局僕が就職したのはいわゆるベンチャー企業でしたから。母はもっと安定した大きなところに入ってもらいたかったみたいで、いまだにちくちく言われます。でも僕としては、小さな企業でも自分が仕事してるって実感できるところがよかったもので」

あ、これ、名刺です、と荻野さんが差し出した名刺を、父はうれしそうに受け取って、

「なあに、君ならどんな仕事でだって活躍できるよ」と太鼓判を押す。普段自分にも他人にも厳しい父がそんなことを言うので、滝田のじいさんはさっきからずっと目を丸くしっぱなしだ。

父は上機嫌なまま、荻野さんが注文したグァテマラコーヒーの準備にかかる。今日焙煎《ばいせん》所で仕入れたばかりの豆を電動ミルで挽き、ポットを火にかける。ドリッパーに挽いた豆を入れ、慎重に湯を注いでいく。荻野さんは黙々と作業をこなす父を興味深げに見ている。こういう図、以前も何度も見たな、と思いながら、わたしはさらにそんな二人の姿を見る。白磁のカップはぴかぴかに光っている。その中になみなみと黒い液体が注がれ、店全体

に香ばしい匂いが立ちこめる。コーヒー嫌いなわたしだが、この匂いはいまも変わらず大好きだ。ただの小さな豆粒たちが、コーヒーになるとこんな心落ち着く匂いを放つようになるのだから不思議。

「お待たせ」

父がカップを置くと、荻野さんは、いただきます、と丁寧に言ってから口をつけ、

「旨いなあ、やっぱり」

満足げな笑みを浮かべて、ソーサーにカップを置いた。わたしはその笑顔を見られただけで、彼にしつこく来るよう迫ったのは無駄ではなかったと思った。

「味、落ちてないかい？」

「いいえ。これです、これが飲みたかった。久しぶりに飲めて本当にうれしいです。今日は来て本当によかった。実はここに来る前に菫ちゃんのお墓にも寄らせてもらいました」

「そうか、どうもありがとう。菫もきっと喜んでるだろう。これからはつまらない遠慮はなしにしていつでも来てよね」

「はい」

晴れ晴れとした表情で返事をする荻野さんを見ていたら、また心臓がびくっと跳ねあがった。

「ふうん、なかなか良い男じゃないの。若いころの俺に似てるわ」

滝田のじいさんが耳打ちしてくる。わたしは後半の台詞は聞かなかったことにして、「そうだね」と頷いた。

それからしばらくして、荻野さんは席を立った。もっとゆっくりしていってくれよ。父は止めたが、仕事関係でひとに会う予定があるらしい。

「また来させてもらいますので」

「ああ、いつでも歓迎する」

どうしよう。わたしはひとり焦った。荻野さんが行ってしまう。自分でもどうしてなのかわからないが、彼に行ってほしくなかった。それでどうにか引き留める理由を考える。でもなにも浮かんでこないまま、荻野さんは会計を終え、じゃあ、雫ちゃんもまたね、と扉に手をかけようとしている。

「あ、わたし、夕飯の材料、買いに行かないと」

ちょっと苦しかったかもしれない。昨日行ったばかりで、おまけに外に出たくないから買いだめしてきたって言った翌日なのに。恥ずかしさがこみあげてきて父をちらりと見たが、別段気にしている様子はなく、父は「ああ、頼むな」といつものように素っ気なく言うだけ。わたしはほっと胸を撫で下ろした。

「じゃあ、そこまで一緒に行こう」

荻野さんはにこりと微笑んだ。でもそれはこの前と同じ、小さな子に向ける笑顔だ。

商店街はちょうど西日が照りつける時間帯で、少し歩いただけでたちまち汗が噴き出てきた。エプロンをとったわたしは、白のチュニックにホットパンツという格好で、大人の雰囲気の荻野さんと並ぶといっそう子どもっぽく感じられた。といってもわたしの箪笥《たんす》の中は全部似たり寄ったりで、どれを着たところで結果は同じだっただろうけど。

「あっついねえ」

額の汗をぬぐいながら、荻野さんが言う。

「暑いです。なんか毎年、今年の夏は異例の暑さとかテレビでは言ってる気がしません？　じゃあ普通の夏はいつ来るのよって話ですよ」

「あはは、そのとおりだね」

「でしょう？　お父さんは夏なんだから暑いのがあたり前だって言うけど、そういう問題だけじゃない気がしますよ」

嘘までついて出てきて、そのくせこんな他愛ない会話をしている。自分でも一体何がしたいのかわからなくなる。それでも沈黙になるのをおそれてわたしは言葉を発し続ける。

「それでどうでした、久しぶりのトルンカは?」

「うん、とても懐かしかった。お店の雰囲気もマスターのコーヒーの味も変わってなくて、なんだかほっとした。あのころも壁に貼ってあったよね、『真夏の夜の夢』のポスター。まさかあれもそのまんまとは」

「ああ、あれはお母さんが好きで、映画館からもらってきて、壁に貼ったんです。そういえば、もう何年もそのままだったな」

荻野さんが言うのは、イジー・トルンカというチェコの有名な人形アニメーション作家のポスターだ。もうずいぶん前に他界していて、シェイクスピアの「真夏の夜の夢」を原作にしたその作品も、五十年以上前につくられたものだ。でもそんな昔につくられたとは信じられないくらいに繊細で美しくて、まるで万華鏡でも覗いているみたいな色とりどりの世界が広がっている。母の影響で、わたしもDVDで子どものころから何度も見た。小さかったころはお話の内容まではわからなかったけど、その美しさに胸打たれ、見終わると決まって涙ぐんでいたものだ。

「たしかお店の名前もその監督からとったんだよね?」

「はい。なんでも母が父とはじめてデートしたとき行ったのが、ミニシアターでやってたトルンカの特集上映だったそうで。それでお店をやることになったときに、母が直感で

『トルンカにしちゃおう』って決めたとか」

「へえ、それは初耳だ。いいね、二人の思い出がお店の名前なんて」

「まあ、響きがいいから選んだってのが一番大きいみたいですけどね。イジー・トルンカも日本にある小さな喫茶店に自分の名前がつけられてるって知ったら、お墓の中でびっくりするだろうな」

わたしが言うと、荻野さんはくすりと笑ってから、夕暮れに染まりつつある空を見上げた。

「そういえば、菫ちゃんも好きだったな。はじめて店に行った日、これは何の映画のポスターって訊いたら、『荻野先輩、イジー・トルンカも知らないんですか』って笑われてしまったよ。それで慌ててDVDを買ったんだ」

「そんなこと言われたんですか？」わたしはびっくりして言った。「ひどいなあ。お姉ちゃんだって、お母さんから教えてもらっただけなのに」

でも荻野さんはなぜかうれしそうな表情だった。あ、財布持ってきてない。わたしは八百屋を通りすぎたあたりで、ようやくそのことに気付く。観光客らしきおばさんの一団が強靭《きょうじん》な戦士のように体を揺らしながら前からやってきて、わたしと荻野さんはさっと端に寄った。

「僕らはそんな風にお互いの知識を競い合ってたところがあってね。自意識ばかり突出した二人組だったもんだから。でも菫ちゃんってあの年で、すごい量の本を読んでるせいか、いろんなこと知ってたでしょ」

荻野さんに言われ、ああ、そうですね、とわたしも同意した。姉はどうしてそんなこと知ってるんだと首を傾げたくなるくらいに、本当にいろんなことを知っていた。

「本に挟む栞《しおり》ってあるでしょう。あれ、もともとは山なんかを歩くときに木の枝を折って道しるべにしていたのが語源なんだって。そこから意味が変わって、本に挟んで目印にするものを栞っていうようになったらしい。だからもとの漢字は枝を折るで、枝折《しお》り。そういうことを『荻野先輩、当然知ってましたよね』って得意げに言ってくるんだな。いまだに本に栞を挟むたびに、そのときの彼女の表情を思いだすよ」

「わたしたちにはそういう部分はほとんど見せなかったな」わたしはそのときの姉の表情がどんなものだったのかと想像しながら、つぶやくように言った。「まあ、たしかにちょっと気位の高いところはあったけど」

「うん、それでよく小さな喧嘩もした。結局折れるのはいつも僕だったけどね」

姉はそうやって、荻野さんに甘えていたんじゃないだろうか。年の離れたわたしがいたせいか、その生まれながらの気位のせいだったのか、姉は父や母に甘えるなんてことはほとんどなかったように思う。荻野さんはそういう意味でもとても特別な存在だったのだろう。物知り自慢や小さな喧嘩は、そんな荻野さんが相手だからこそできたことだったに違いない。

そんなことをぼんやり思っていたら、もう商店街の終わりまで来ていた。

「買い物していくんだよね？」

そう確認してくる荻野さんの足が、夕焼けだんだんの一段目にすでにかかっている。わたしはどうにかひきとめようと、今晩の夕飯、何がいいと思います？　とんちんかんなことを口にした。

でも目論みは意外にも成功したようだった。荻野さんは、足を階段から離し、そういえば、とこちらに向き直った。

「さっきマスターに聞いたよ。おばさん、いま外国にいるんだって？　だから雫ちゃんがいつも家事やってるんだってね」

偉いなあ。荻野さんに本気で感心されてしまい、頭がこんがらがったわたしは、

「一応そういう役割になってます。母はいま、チェンマイにいるんで」

不要なことまですらすらと答えてしまった。

「え、チェンマイって、タイの山奥の方だよね？」

完全に体をこちらに向けて、訊ねてくる。階段脇には猫が三匹縦に仲良く並んで座っていて、眠たげな顔でこちらを見ていた。

「姉が死んで、その、まあ、いろいろありまして。ちょっと気持ちに余裕がなくなっちゃったっていうか……」

どう説明したものかと困りながらわたしは言った。ただひきとめようと思っただけなのに、自分で自分の首を絞めている。このへんの説明はむずかしい。言葉が多すぎると変に同情されてしまうし、逆に足りなければそれはそれで微妙な誤解を生む。何も言わないのが正解なのだ、普段なら。だから失敗。でも荻野さんにはそれで十分意味が伝わったらしい。ただ頷いて話を聞いてくれている。その表情につまらない哀れみがないことに、ほっとする。

「それで父やカウンセラーと話しあって、ひとまず違う暮らしをしてみてはどうかって。そんな流れで母は三年くらい前から向こうでＮＰＯの活動に参加してるんです。村の復興を手伝うとかで、井戸掘りしたり、畑仕事したり。いまはどのあたりにいるんだろ。なんかいろんな村を転々としてるから」

「そうだったのか。いろいろ――」

荻野さんは言葉を探すみたいに少し間を置いてから、

「大変だったんだね……」

ぽつりと言った。たったそれだけの言葉でも荻野さんの思いやりが伝わってくる気がして、胸の中が軽くなった気がした。

「でもそのおかげで母も最近ではずいぶん元気になってきたんです。学生時代もそういう活動に参加してたひとだから、楽しんでますよ」わたしは明るい声で言った。「それにわたし、こう見えて家事って嫌いじゃないんです、けっこう主婦業向いてるのかも」

実際、そうなのだ。うちはいま、こういうバランスだからうまくいっている。もしあのまま一般的な家族としての生活を貫いていたら、たぶん我が家はとっくに崩壊していたはずだ。母がいないことによる寂しさはもちろんあるけれど、そう思えばぜんぜん耐えられる。だって離れていたって、家族であることには変わりないのだから。

「雫ちゃん」

夕日に染まった荻野さんが、わたしの名前を呼んだ。

「君は本当に偉いね。とても尊敬するよ。僕を含め、ただ漫然と年を重ねただけの大人なんかより、君はよっぽど大人だ」

耳までかあっと赤くなったのが、鏡を見ずともわかる。

「そんな、そんな。わたし、ただのガキですから。幼馴染みにもよく言われるんです。おまえは単純で思考がガキだって。その通りなんです。わたしはただ、みんなに傷ついてほしくないんです。みんな、幸せでいてほしいんです。知り合いのみんな、家族やうちの店に来てくれるひとたちが」

我ながら子どもじみていて嫌になる。荻野さんもそう思っているに違いない。

「こういうのってすごい傲慢で幼稚な考えですよね？　傲慢だし偽善っぽい。たまに自分のそういう独善的なとこが嫌になるんです」

荻野さんはゆっくりと横に首を振って、わたしをまっすぐ見た。

「君はやさしい子だよ。そういうのは傲慢とも偽善ともいわない。悲しみを知っているひとだから思える、とてもやさしい考えだよ」

じっと見つめてくる荻野さんの視線から逃れたくて、慌てて俯いた。汗が全身から噴き出ているのは、たぶん暑さのせいだけじゃない。なぜだか涙さえ出そうになってしまって、わたしは道路を見つめたまま、荻野さんの顔をまともに見ることができない。

「ごめんなさい、ひきとめちゃって。わたしももう行きますので」

このまま一緒にいたらもっとおかしなことを口走りそうで、わたしは言った。

「うん、そうだね。じゃあまた」

荻野さんの言葉も待たず、商店街の方へと早足で向かった。途中、知り合いに挨拶されても、おざなりな返事しかできなかった。

ああ、そうか、なるほど。そういうことなんだ。賑やかな商店街を抜けながら、思った。

荻野さんと再会したあの日から、ずっと心がもやもやしていた。わけもわからないまま。

でもようやくそのもやもやの正体がわかった。

たぶん、これが恋ってやつなんだ。

わたし、荻野さんのことが好きなのかも。

ひゃあ、自分でもびっくり。

わあーっと叫びだしたくなる衝動を懸命に抑えて、家まで走った。


一度気付いてしまうと、もう駄目だった。その事実は日を追うごとに確固たるものとなって、胸に押し寄せてきた。

気がつけば、寝ても覚めても荻野さんのことばかり考えている。次はいつ会えるだろうと、そんなことばかり夢想している。

考えてみると不思議だ。一体いつからわたしは彼のことを好きになったんだろう。六年ぶりに再会して、たった二回会っただけで恋に落ちたのだから。それもそんなにたくさん言葉を交わしたというわけでもない。

でも恋っていうのは、案外そんなものなんじゃないか。何気なく交わした言葉や小さなきっかけが、ときに大きな意味を持つことだってある。きっとそうなのだ。なにしろ一目惚れなんてものまで、世の中にはあるくらいなのだから。

あの日、トルンカからの道を歩きながら、わたしは荻野さんに誰にも話したことのなかった自分の思いを打ち明けた。荻野さんはそれを笑ったりせずに聞いてくれ、わたしの気持ちを理解してくれた。それだけで、とても救われた気がした。こんなことはいままで一度もないことだった。泣きたくなるほど、うれしいことだった。

ああ、このひとならば自分のことをわかってくれる。そういう信頼感は、案外恋に直結するものなのかもしれない。少なくともわたしは、あの瞬間に気づいた。もやもやが一気に消しとんだ。

すごいな、恋ってすごい。千夏さんがあんな表情をする理由が少しわかった気がした。この気持ちの高まりは、たしかに恋じゃなければ味わえない。

とはいえ、そんな風にわたしが自分の気持ちに気づき、すっかり夢心地の気分でいたからといって、現状が変わるわけでもないのだ。

荻野さんはあれ以来、数日おきに店にやって来るようになった。夜、仕事帰りに現れたり、休日のお昼ごろにふらりと立ち寄ったり。この一週間ちょっとのあいだに、三回も来てくれた。でもわたしはほとんど話せていない。挨拶して、軽い世間話をして、それで終わり。

荻野さんにとっては、うちの店の雰囲気と父の淹れるコーヒーこそが本命なのだ。わたしは完全なおまけ。

コンビニのおまけつきお菓子みたいに、おまけの存在感の方が大きいならばそれはそれでありだと思う。でもこの場合のおまけは、ＤＶＤについている特典映像ほどの価値もない。荻野さんの態度から読み取るに、相変わらずわたしを妹的な存在としてしか見ていない。ちょっと接しているだけで、それがもうありありとわかる。

「やあ、雫ちゃん。今日もお店の手伝い？　偉いねえ。プールとか行かないの？」

猫なで声でそんなことを言われると、切なくなる。この前は、雫ちゃんは大人だ、なんて言ってくれたのに。ぜんぜん態度が変わってない。やっぱりわたしは姉と比べて、根本的な魅力に欠けるのだろうな、とまざまざと思い知らされる。

小さいころから姉ばかりが際立っていたこともあり、わたしは自分に自信がもてないまま育った。いままでは恋と程遠い生活をしていたから、大して気にもならなかったけれど、いまはそのことに打ちのめされる。

でも、ここで諦めるわけにはいかない。だってこれはわたしの初恋なのだ。

そうはいっても、いまのわたしでは駄目なのだ。一体どうしたら荻野さんに、ちゃんとわたしを見てもらえるだろう。

もっと露出の多い服を着てみてはどうか。いや、駄目だ。色気のないわたしがしても、余計子どもっぽく見られるだけだ。それに荻野さんみたいなひとは、そういうタイプは好みじゃなさそうだ。

ならば言葉づかいを変えてみる。もっといかにも女の子って感じの甘ったるい喋り方にするのだ。いや、無理だ。自分がそうしているところを想像しただけで、吐き気がする。

ベッドの上でそんな風にあれこれ作戦を練りながら天井を眺めていたら、不意にひとつの考えに思い至った。すごく簡単で、単純な方法。どうしていままでそんなことに気がつかなかったんだろう。

わたしは夜中にベッドからむくりと起き上がると、こっそり部屋を出た。そして隣の部屋のドアを開け、明かりをつけた。

その部屋は、姉がいなくなったあともほとんど手つかずのままだ。勉強机もベッドも本棚もカーテンも、なにもかもそのまま。天井からつられた小鳥のモビールは、わたしが姉の最後の誕生日にプレゼントしたものだ。少し埃くさいのをのぞけば、本当に姉がこの部屋でいまも生活していてもおかしくないくらい。姉が入院してしまった日から、ここだけ時が止まっている。

わたしも父も母も、誰もこの部屋を整理しようとは思わなかった。むしろ現状維持のため、稀に布団を干したり、掃除機をかけたりしているくらいだ。

「雫、そんなところでなにしてるんだ？」

部屋の真ん中に立ちつくしてぼうっとしていたら、廊下から父に声をかけられた。

「お姉ちゃんの服、借りてもかまわないかな？」

わたしが訊くと、父は一瞬怪訝《けげん》な顔をして、それから、そりゃもちろんかまわんが、とつぶやいた。

「でもおまえ、菫の服は自分には似合わないっていままで着ようとなんてしなかったじゃないか」

「考えが変わった」

「なにかあったのか？」

「そういう気分なの」

父は肩をすくめてみせると、大事に着るんだぞ、と言い残して行ってしまった。

クローゼットを開けると、樟脳《しょうのう》の匂いがぷんと鼻をかすめた。ハンガーにかけられた何枚かの夏用の衣服を取り出してみる。白のレースのワンピース、紫のシックなワンピース、黄色い鮮やかなワンピース。どれも全部ワンピース。夏場はワンピースが姉の中での定番だった。わたしはそれを一枚一枚、じっくり手にとって眺めてから、一番夏っぽくて自分に似合いそうな黄色いワンピースを選んだ。

姉が死んだのは十七歳。わたしもいま、十七歳。少なくとも年齢的には、いまが一番しっくりくるはず。

姿見用の鏡で姉のワンピースに身を包んだ自分を眺めてみる。何か違うと思ったら、髪型だ。後ろで束ねている髪をほどいて、手櫛で整えてみる。猫っ毛のわたしの髪は、姉みたいにすとんと綺麗に肩に落ちずにくるりと丸まってしまう。

「荻野先輩、イジー・トルンカも知らないんですか？」

鏡に向かってつぶやいてから、猛烈な恥ずかしさに襲われた。でも姿かたちだけなら、けっこうさまになっているように思えた。少なくとも、想像していたほどには悪くない。

うん。わたしは鏡の中で頷いた。

お盆休みのあとから、さっそくその黄色いワンピースに身を包み、仕事に出た。ワンピースの上にうちの店のエプロンをして、髪はいつもみたいに結ばず肩に下ろす。靴も姉の黒のパンプスだ。

「あらまあ、雫ちゃん、今日はずいぶん可愛い服着てるのねえ」

もう二十年近くトルンカに通い詰めている千代子ばあちゃんが、朝一で店に入ってくるなり言った。

「ほんと?」わたしは千代子ばあちゃんの反応にすっかり気を良くして言った。「これ、お姉ちゃんのなんだけど」

「そう、菫ちゃんの。雫ちゃんも大きくなったねえ。ついこのあいだまでは、赤ちゃんだったのに」

千代子ばあちゃんは目を細めて、しみじみとした声を出した。赤ちゃんはさすがに言いすぎだけど、変わったと認めてもらえるのは素直にうれしい。わたしは、へへへ、と照れてから、「変じゃないかな?」と再度確認した。

「とってもお似合いよ。女の子っぽくて可愛らしいわ」

さらには久しぶりに午後からバイトにやってきた修一君にも、

「びっくりだよ、久しぶりに来てみたら、なんか知らない女の子がいるんだもん」

とかなり驚かれた。妙にご機嫌な様子なのは、きっと先日誕生日を迎えたばかりだからだろう。千夏さんからプレゼントされたバッグをさっそく使っている。

「シルヴィーも変じゃないと思う?」

「誰がシルヴィーだ。うん、似合ってると思うよ。きっと浩太君も惚れ直すよ」

「浩太は関係ないっつうの」

父はといえば、「まあ、悪くはないんじゃないのか」と素っ気なく目も合わせようとしてこない。でも、きっと複雑な思いがあるのだろうから、わたしも余計なことは言わないでおく。

結局その日、残念ながら荻野さんは現れなかった。けれどトルンカのみんなから好評だったことに自信を得たわたしは、毎日、日替わりで姉の服を着るようになった。最初はまるでサイズのぜんぜん違う服を着ているような違和感があったが、次第にそんな気持ちも薄れていった。それどころか姉の服を身につけていると、自分がまるで姉になりかわったような気持ちになれる。それは思いのほか心地よく、わたしの気分を高揚させた。

調子に乗ったわたしは、服装だけでは飽き足らず、髪留めやブローチも姉の衣装箪笥から拝借し、身につけるようになった。アルバムから姉の写真を抜き取って、コーディネートの参考にする。歩き方や仕草も記憶をよみがえらせながら、真似してみる。

なんだか少しやりすぎではないのか。当初の目的からずれている気がする。店のガラス窓に映り込んだ自分が目に入り、ふと冷静になってそんな考えが脳裏をよぎることがあっても、わたしはやめなかった。やめようと思わなかった。

そうして、とうとう荻野さんがやってきた。

荻野さんは店に入ってくるとすぐにカウンター席に座ってしまい、わたしの存在にすら気がつかなかったが、そっと近づいていくと、

「わ、びっくりした。雫ちゃんか。どうしたの、その格好？」

心底びっくりした声をあげた。

「え、なにかおかしいですか？」

わたしは内心ではドキドキしながらも、とぼけて訊ね返す。

「いや、おかしくはないけど、いつもの感じと違うから。それに——」

荻野さんはわたしの全身を眺め、つぶやいた。

「その服、菫ちゃんのだよね」

「あ、わかります？　思い切ってイメチェンしてみたんです」

わたしはそう言って、さりげなく髪をかきあげて見せた。髪留めにも気付いてもらえるように。

「そっか。うん、いいんじゃないかな」

荻野さんの反応はわたしが期待していたほどではなかったが、少なくとも前とは見る目が明らかに違っていた。それだけでわたしはかなり満足だった。とにかくわたしに興味を

持ってもらうこと、そこからが勝負なのだから。

よし、いける。わたしは心の中でひとり、ガッツポーズをした。

最初の計画通り、荻野さんが帰る時間に合わせて、前回と同じく買い物という理由で外に出た。姉になったわたしは、このあいだより自分でもびっくりするほど大胆で、一緒に店を出るときもこの前みたいに慌てたりはしなかった。このまま勢いにのって告白だってしてしまえそうな気がした。うん、いいぞ。そう思いながらトルンカ通りを抜け、商店街に入った。

でもそこで、急に誰かにぐいっと強く腕を引っ張られた。

驚いて振り返ると、浩太がいままで見たことがないほど不機嫌そうな顔で、わたしを睨みつけていた。

「ちょ、なによ」

わたしは浩太の迫力に怯《ひる》みながらも、ぎゅっと摑まれた腕を強引に振りほどいた。

「なにしてんだよ」

浩太はそれでもわたしを睨んだまま、言った。

「それはこっちの台詞だよ。なんなのよ、あんた」

荻野さんはぽかんと口を開けたまま、わたしと浩太を見比べている。その荻野さんに向かって、浩太が「どうも」と頭を下げる。

「え？　あ、どうも。えっと、雫ちゃんのお友だち？」

こんなやつ知りません。そう言ってやりたい気分だったが仕方なく、はい、と答えた。

「すんません、ちと、こいつに用があって」

浩太はわたしに向けていた敵意まるだしの表情を引っ込め、荻野さんににこやかに微笑んだ。

「ああ、そっか。じゃあ、僕、行くから」

荻野さんからしたら、大して興味のないことなのだろう。あっさりと納得してしまい、またね、雫ちゃん、とすたすた商店街を行ってしまう。

「なんなのよ、バカ！」

わたしは荻野さんがいなくなるのを見届けてから、浩太に迫った。

「なにしてんだ、おまえ？」

浩太がそれでも動じずに言うので、

「はあ？　だからそれはこっちの台詞だって言ってんでしょ」

興奮してつい大声になり、買い物中のおばさんたちの注目を浴びてしまった。浩太にまた腕をとられ、路地に引っ張られた。

わたしたちは薄暗い路地でしばらく睨みあった。中学二年を境に浩太は身長がぐんぐんのびだし、いつの間にかすっかり身長に差がついてしまった。がんばって見上げないと、もう浩太の目線に届かない。昔は口だけでなく腕力でもわたしの方が圧倒的に強かったが、いまじゃとても敵《かな》う気がしない。

「おまえ、ひょっとしてあのひとのこと、好きだとか言うのか?」

言われて恥ずかしさと怒りでますますかっとなった。どうして浩太にそんなこと訊かれなければいけないのか。せっかく荻野さんと一緒にいたところを邪魔してきて、さらにそんなことを訊いてくるなんて、どうかしている。すごんでくるような態度も気に入らない。

「あんたに関係ないじゃん!」

浩太の迫力に負けないよう大きな声で言った。

「バッカじゃねえの。あのひとはスミねえの彼氏だろうが」

「いまはそうじゃない」

苛立った口調の浩太に、すぐに言い返す。浩太はしばらく黙ったあと、大きく息を吸って、吐いた。バレー部の顧問に、試合で熱くなったらそうするよう教えられたと前に話していた。

「いきなり話しかけたのは悪かったよ。荻野さんにも失礼だったと思う。それは謝る」

「もういいよ」わたしも少し冷静さを取り戻して言った。「どうせ荻野さんは気になんてしてないもん」

「とにかく悪かった。でもひとつ訊かせてくれ。おまえ、あのひとのどこがいいわけ？　あのひとのこと、どれくらい知ってんの？」

浩太に訊かれて、思いがけず言葉につまった。荻野さんのなにをわたしは好きなのだろう。彼を好きだと気づいたあの日から、その事実と、彼を振り向かせるにはどうすればいいか、それだけで頭がいっぱいで、そんなことはほとんど考えなかった。荻野さんはやさしいひと。穏やかなひと。それくらいしかわからない。荻野さんという人物を、わたしは姉の恋人だったということ以外ほとんど知らないよ。でも好きなの」

「……そんなの急に訊かれても答えられない……。

「本当に？」

浩太が真剣な顔で確認してくる。わたしは目を逸らしたい気持ちを抑え、頷いた。すると浩太はわたしの全身を上から下へ眺めて言った。

「じゃあせめて、いつものおまえで勝負しろよ」

「は？　どういう意味？」

「だからそんな格好しないで、雫のまんまで勝負しろって言ってんの。なんだよ、その格好？　ぜんぜん似合ってねえ」

言われて正直かなり傷ついた。でも別に浩太に似合ってると思われる必要なんてないのだ。

「余計なお世話だっつの。わたしなりにいろいろ考えたんだよ。だって荻野さんはわたしのままじゃ興味持ってくれないから……」

途中から声が小さくなってしまう。

「じゃあスミねえの姿で好きになってもらえれば満足なのか？」

即座に切り返してくる浩太の言葉に反論できない。また頭にかあっと血がのぼる。だけど浩太は勝手に話を進めていく。

「俺、言っただろ、スミねえにおまえはとらわれ過ぎだって。荻野さんに会ったって話してたときのおまえの様子から、なんか変なことになりそうだって心配してたんだよ。荻野さんのこと本気で好きって言うんなら、別にいい。そういうことなら俺だって応援してやる。でも正々堂々いけよ、スミねえに逃げたりしないで」

「うるさい！」

気がついたら叫んでいた。狭い路地にその声が響き、浩太は目を見開いてわたしを見た。

「なんで怒るんだよ。俺、おまえのためを思って言ってるんだぜ。言っただろ、おまえのこと心配だって。なんでわかって――」

「うるさいうるさい！　それが余計なお世話だって言ってんの。もうどっか行け！」

自分でもなんでこんなに浩太に腹が立つのかわからない。でもとまらない。浩太の眉がぴくっと動いたと思ったら、一気に眉間に皺が寄った。

「なんだよ、こっちが冷静に話そうとしてるのに。いいよ、わかったよ、もうおまえの心配なんてしてやらん」

「あんたに心配なんてしてほしくない」

「ああ、わかったわかった。もうどうでもいいよ、おまえのことなんて。二度と話しかけてくんなよ」

浩太は投げ捨てるように言うとくるっと反転し、明るい光がさす商店街の方へとさっさと歩き出した。「そっちこそね！」わたしが叫んでも、もうこっちを見もしなかった。


「うほー、外で飲むビールってなんでこんなに美味しいんだろ」

絢子ねえちゃんはジョッキをぐいっと一気にあおって、満足そうに言った。もうこれで中ジョッキ三杯目。絢子ねえちゃんは普段から明るいひとだが、アルコールが入るといつもの倍は陽気になる。しかもいくら飲んでも顔にはこれっぽちも出ない。

今日は毎年恒例の谷中銀座まつりの日だった。派手な色の屋台が通りには並び、商店街はおまつり気分一色。昼のどじょうつかみ大会からはじまって、音楽隊の演奏、神輿《みこし》かつぎ、盆踊り、とイベントも目白押しだ。

絢子ねえちゃんの狙いは夕方からはじまる生ビール大会で（つまりビールを安く飲めるイベント）、ここ数年、わたしはそれになぜか付き合わされる決まりになっている。ひとりで飲むのはつまらん。絢子ねえちゃんは言うが、同じく酔っぱらった知らないおじさんたちとあっというまに意気投合してしまい、さっきから何度も乾杯を繰り返している。

そんなせっかくの年一度のおまつりの日だというのに、わたしの気分は冴えなかった。生ビール大会の特設テントからぬるくなったコーラ片手に、浴衣姿のひとでいっぱいの通りを眺めている。

浩太との一件がずっと尾を引いている。どうしてあんな険悪な雰囲気になってしまったのか。いままでも喧嘩は星の数ほどしてきたけど、今回はちょっと種類が違う。なんというか、マジの喧嘩だ。でも浩太のほうが悪い。関係ないくせして、でしゃばってきて。すごく無神経な言葉を浴びせてきて。あいつに恋する女の子の気持ちなんてわかるはずないのに。

そうは思っても、浩太の言葉はいまもわたしの心に刺さったままだ。

スミねえの姿で好きになってもらえれば満足なのか？

それで良いと思っていた。それが正解だと思っていた。でも浩太は、自分で勝負しろ、と言った。言われるまでそんなこと、考えもしなかった。わたし、ちょっとおかしいんだろうか。姉の命日である八月二十八日は、四日後に迫っている。ひょっとしたら自覚のないまま、変になっているのかも。心のチューニングが、気づかぬうちに少し狂っているんじゃないか。そう思ったら、背中に寒気が走った。

おまえはスミねえにとらわれ過ぎなんだよ。

浩太はそんなことも言っていた。でもそれってどういうことだろう？　わたしのお姉ちゃんなのだ、とらわれて何が悪い。だいたい、もう姉のことなんてすっかり忘れちゃって、どうでも良さそうな浩太になんて言われたくない。

そんなことをぐるぐる考えていたら、

「あ、兄ちゃん、雫だ。絢子ねえもいる」

お囃子《はやし》の音色に混じって、洋平の声が聞こえた。小さな坊主頭を揺らし、焼きとうもろこしとりんご飴のダブル装備で、こっちに歩いてくる。

隣を見て、ぎょっとした。浩太だ。どうしよ、声かけるべきか。わたしが慌てふためいているのをしり目に、たしかに目が合ったというのに、浩太は無表情で通り過ぎていく。

まるで赤の他人みたいに。洋平にTシャツの裾を引っ張られながらも振り返ることなく、そのまま人波にまぎれてしまった。間もなく盆踊りがはじまります。みなさん、ふるってご参加ください。そんなアナウンスが耳に虚しく届く。

「なに、あんたら喧嘩でもしてんの？」

絢子ねえちゃんが四杯目のビールをあおりながら、訝しげにわたしを見た。

「うん、まあ……」

わたしは動揺を隠そうと、ぬるいコーラをぐっとあおった。

「ははーん」絢子ねえちゃんが意地悪げに言う。「それでさっきからしょぼくれた犬みたいな顔してんのか。そんな顔してるくらいなら、とっとと仲直りすればいいのに」

「べ、別に仲直りなんてしたくない」

わたしが言うと、あらあら、青春しちゃってるわ、と細い肩を揺らして笑う。もう酔っぱらいなんて置いて帰ろうかなと思っていたら、

「で、雫、あんたはなんで菫ちゃんの格好なんかしてるわけ？」

それまで目に入ってすらいない様子だったのに唐突に訊ねられた。

「え、似合ってない？」

「うん、はっきり言っちゃうと似合ってないね」

「うそ、だってトルンカのみんなは似合ってるって」

浩太に次いで絢子ねえちゃんにまで言われ、けっこうなショックを受けた。

「そりゃそこまで悪くはないよ。むしろいつもより女の子っぽくて可愛いさ。でも私はいつものあんたの方が好きだね」

「そっか……」

「浩太との喧嘩の原因もそれなんでしょ？」

このひとはときどき異常に鋭いからおそろしい。こんな酔っぱらっているときでさえ。

わたしは空になったカップを握りしめ、俯いた。

「うん、なんか浩太に説教されて、それで頭来ちゃって。だってなんかよくわかんないこと言うし、怖いし、ぜんぜん浩太っぽくないんだもん」

「ねえ、雫」絢子ねえちゃんがやさしく諭すような声でわたしを呼ぶ。「〈いつも自分を磨いておけ。あなたは世界を見るための窓なのだ〉っていう言葉があるの知ってる？　イギリスの劇作家の言葉なんだけど」

「どういう意味？」

絢子ねえちゃんのいつもの妙な格言に、わたしは首を傾げた。

「うん？　意味わからんか？　つまりさ、世の中ってのはとてもごちゃごちゃしたところなわけだ。玉石混淆《こんこう》、そこには綺麗なものもまやかしのものもどっちもある。何を信じるかは自分次第。だから自分を磨き、感性豊かな人間になることが大切だってこと。そして逆もしかり。あんたも世の中から見られている。だから自分を磨くことはとても大切だってわけ。少なくとも私はこの言葉をそう解釈してる」

なんだかわたしの雫という名前と、少し共通している気がする。コーヒーの雫のように、豊かで味わい深い人生を送ってほしい、と願って父がつけた名前と。

「わたし、だから自分を磨こうとがんばったんだけど……」

わたしのしていることは何が違うのか。わからなくて、混乱してしまう。

「そうだね。それはわかる。でも、雫のそれは磨き方を間違ってる感じ。なんかむりやりな感じがして、見てて悲しくなる。あんたはあんたらしさを磨く努力をしなくちゃ。あんたのいつもの笑顔が見たくて、トルンカに来るひとたちだってたくさんいるよ。それだけで救われてるひとだっているんだよ。浩太もそういうことが言いたかったんでしょうよ。バカだから説明が下手くそなだけで」

「そうなのかな……」

とはいえ、わたしらしさを磨くってどうしたらいいんだろう。そして浩太の言いたかったことは本当にそういうことだったんだろうか。わからない。でもあいつがわたしのことを思って言ってくれたことだけは、理解できた気がした。一番身近で知っているからこそ、きっと憎まれ役を買ってでてくれたんだ。いや、そこまで深く考えてないか。どちらにせよ、悪いのはきっとわたしのほう。

「雫くらいの年だと不安定でいろいろあるのはわかる。ましてあんたは菫ちゃんのことがあるしね。いろんな思いがあるんだろうさ。だけど焦らないこと。自分を磨くってのにはすごい時間がかかるんだ」

絢子ねえちゃんは、私も偉そうなこと言えた義理じゃないし、このへんで勘弁してね。そう言ってわたしの肩を励ますようにぽんと叩くと、

「おかわりもらってくるわ～」

歌うように告げて、盆踊りがはじまった通りへ屋台目指して突進していった。

日暮里駅の改札前で、荻野さんを待っている。

時刻はまもなく八時。夏の濃い闇の中で、駅前だけが煌々《こうこう》と明るい。明かりに導かれて集まった虫たちが、蛍光灯のまわりでぐるぐると円を描いている。

おまつりのあった晩、朝方までずっと悩んで、荻野さんに話を聞いてもらおうと決心した。それで夕方に電話をかけ、会ってくれるようにと頼んだ。もうすぐ仕事帰りの荻野さ

んがここに現れる。

浩太に言われて以来、いろんなことを考えた。いままでで一番ってくらいに頭を使った。それで最後くらいは、せめてわたしらしくいこうと決めた。だからもう姉の服は着ない。わたしは、わたしとして荻野さんに告白しようと思う。誰かに相談したら、絶対とめられるだろう。「まだ早い。もっと親しくなってから」とか言われると思う。でも決めたら即行動。それがわたしの性格だ。好きだと思ったいまの気持ちを大切にしたい。つまらない駆け引きとかは、したくない。それで悪い結果が出ても、自分の選んだことだからきっと後悔しない。

そして決着がついたら、浩太に謝りに行こう。許してくれるかわからないけど、もし駄目でも、何回でもしつこく謝る。今日が駄目だったら、また明日謝る。それでも駄目なら明後日。浩太が、わかったよ、って根負けするまで、何年でもしつこく謝り続ける。

そんなことを考えながら、そわそわと落ち着かない気持ちで、改札の方に目を凝らしていた。時間がものすごくゆっくり進んでいるみたいで、もう三十分は経っただろう、そう思って、駅構内の時計を見るたびに、まだ五分しか経っていなかった。

わたしが到着してから五本目の電車がホームに入って、出ていった。しばらくして改札へ大勢のひとがなだれ込んでくる。

「あ」

ひとりのスーツ姿の男のひとに目がとまると、言葉がもれた。

同時に向こうもわたしに気がつき、顔をほころばせ、そのまま歩み寄ってきた。それだけで胸の鼓動が速くなる。わたしを見つけてくれた。ただそれだけのことが、こんなにもうれしいなんて。

「待たせちゃって悪かったね」

荻野さんはわたしの前に立つと、腕時計を見てすまなそうに言った。

「いいえ、わたしが突然お願いしたんですから当然です」

ぺこりと頭を下げると、もう遅い時間だけど大丈夫、と訊いてくる。わたしは、はい、と返事する。すると荻野さんは水色のTシャツに色落ちしたジーンズというわたしの服装に目を止め、

「お、今日はいつもの雫ちゃんだね」

と笑いかけてくる。

「はい、今日はいつものわたしです」

わたしも笑って答えた。

鬱蒼《うっそう》と緑に囲まれた霊園を、一緒に歩いた。木々の隙間から、月の明るい光が降り注い

でいた。荻野さんのあとに改札を出たひとたちが、ゆっくり歩くわたしたちを早足で追い越していく。昼のけたたましい蟬の鳴き声はすっかりやみ、代わってリーンリーンという涼やかな虫の音色がどこからともなく聞こえてくる。

「それで話っていうのはなにかな？　相談事かなにかかな？」

荻野さんはわたしがこれから告げる言葉など全く想像していない様子だ。まあ、荻野さんからしたら当然のこと。立っているのもやっとなほど、緊張しているのはわたしだけ。

「どうかした？」

荻野さんが怪訝そうにこっちを見てくる。

「あの……」

「なに？」

頭の中では何回も練習した言葉がなかなか出てこない。でもこのままもごもごしていたら、あっという間に商店街まで着いてしまうだろう。わたしは一度ぎゅっと目をきつくつむると、大きく息を吸い込んだ。

「わたし、荻野さんのことが好きです。わたしの恋人になってくれませんか？」

うまく言えなかった。目を見ることができず俯いたままで、言葉もかすれてしまった。もし時間を巻き戻せるならば、もう一度言い直したい。いや、できるなら今日会ったところからやり直したい。だけどそんなことはできない。言ってしまったことは、もう覆らない。

わたしの言葉はちゃんと届いただろうか。そう思って、おそるおそる顔をあげると、荻野さんは呆気にとられた顔で、こっちを見ていた。そして額を手で押さえて、「えっと、そのあの……」と口ごもった。

「駄目ですか？」

「え、雫ちゃん、本気なの？」

「はい」

わたしが唇の震えをこらえて一心に見つめると、やがて荻野さんの表情から狼狽が消え去った。

「ごめんね、雫ちゃん」荻野さんはわたしをまっすぐ見据えて言った。「君のこと、そういう対象としては見れない、多分それはこの先も。それに言ってなかったかもしれないけど、僕には付き合ってるひとがいるんだ」

わたしは荻野さんの言葉をゆっくり嚙みしめ、頷いた。

「わかりました。はっきり言ってくれてありがとうございます」

「ごめんね……」

荻野さんがもう一度、繰り返す。それが本当に申し訳なさそうな声で、そんな声を荻野さんに出させてしまったことに、わたしのほうこそ謝りたくなる。

「いいえ、断られるのはわかってましたから。驚かせちゃってごめんなさい」

わたしは精一杯笑いながら言った。

「いや、そんなことは……。こっちこそぜんぜん気付かなくてごめん。なにか思わせぶりな態度とかとってたんなら、僕が悪い。ごめんね」

「荻野さんはなんにも悪くないです。なーんにも」

荻野さん、なんてやさしいひとなんだろう。そのやさしさに泣きたくなってしまう。夜でよかった。荻野さんにこんな顔、見せずにすんで。

「へへへ、遅くなっちゃった。もう行きましょう?」

わたしは重たい空気をかき消すため、明るい声を出した。

「ああ、うん……」

悲しかったけど、気持ちはさわやかだった。この数週間、ずっとひとつのことに占められていた心に風が吹き、穏やかな気持ちになった。わたしはなかなか歩き出そうとしない荻野さんを、さ、ほら、と促した。

二人で黙々と霊園の一本道を歩いた。もうわたしたちを追い抜くひともいない。そのまま二人しかいない道を一言も話さず大通りまで出ると、送ろうかと申し出てくる荻野さんを、近いから大丈夫です、と断った。

「そっか、それじゃあ、またね」

まだすまなそうな顔のままの荻野さんが立ち止まって言う。

「荻野さんってやさしくて真面目ですよね」

わたしはくすくす笑った。

「え？　いや、そんなことは……」

「あまり女子高生のたわごとを本気にする必要なんてないですから。クラスの女子のあいだで、年上の男のひとと付き合うのが流行ってるんですよ。だからわたしもそれに乗っかっただけ」

荻野さんは困ったように、そうなの、と力なく笑う。

「ちょっとからかうつもりだったのに、そんなに落ち込まれたらこっちが困っちゃいますよ。だから気まずいとか思って、トルンカに来なくなったりしないでくださいね。じゃないと、わたしが父に怒られちゃう」

わたしが言うと、荻野さんはぽりぽりと頭をかいた。

「こっちは本当にびっくりしたんだよ。そういうこと、あんまり後先考えず言っちゃ駄目だ。ちゃんと好きなひとにだけ言わないと。君のこと、妹のように思ってる僕としてはどうにも心配になっちゃうよ」

「はい、ごめんなさい」

荻野さんが大人としての立場から忠告をしてくるのを、わたしはわざと軽い調子であしらった。

「じゃあ、僕は行くよ。またね、雫ちゃん」

そう言って歩き出そうとする荻野さんを、わたしは「あの」と反射的に呼びとめた。再会した日の別れ際と同じように。

「なに？」

荻野さんが街灯から少し離れたところで振り返る。

「荻野さん、いま幸せですか？」

わたしの突飛な質問に、荻野さんは、え？　と一瞬目を丸くした。

「ああ、うん、そうだな。そういう風に考えてみたことなかったけど、健康だし仕事も順調だし大切なひともいる。毎日それなりに充実してるから、幸せなんだと思うよ」

荻野さんは小さな子どもにいたずらされて困っているみたいな表情で、わたしを見た。

「でも急にどうしたの？」

わたしは彼の答えに満足し、にっこり笑った。そして大声で、

「いいえ、なんでも。それじゃさよなら！」

ぶんぶん手を振って、くだり坂を一気に駆けだした。


あー、すっきりした。夏の星が瞬く夜空に向かって、大きく伸びをしながら歩いた。車がときおり車道を走りぬけていくだけで、あたりは静かだ。通りに並ぶせんべい屋も雑貨屋もつくだ煮屋も、みんなシャッターが下りている。

デネブ、アルタイル、ベガ。

夜空からお馴染みの星を探す。荻野さんに気持ちを打ち明けてからというもの、ずっと心には風が吹いている。頭が妙にクリアになって、ここしばらくの自分の行動を冷静に振り返ることができた。自分が再び自分を取り戻した感じ、とでもいえばいいのか。


いまは何時くらいだろう、これから浩太の家に行っても大丈夫かな。そう思って歩いていたら、「おい」と真っ暗な道で男の低い声が響いて、わたしはひっと短い悲鳴をあげた。

「なーにやってんだよ」

前方のガードレールにもたれている人影が言う。

「え、浩太？」

浩太はこっちに向かってまっすぐ歩いてくると、仏頂面でわたしを迎えた。

「おまえな、ひとりでこんな夜道をふらふら歩いてるんじゃねえよ。マスター、めっちゃ心配してるぞ」

「あ！」

ポケットに入れっぱなしだった携帯には、鬼のように不在着信が入っている。そういえば父に何も言わずに出てきてしまった。携帯の示す時刻はもう十時近い。まずい、絶対怒られる。わたしが焦っていると、

「俺んとこにも電話かかってきたから、うちで携帯ほっぽってゲームに夢中になってるって言っといた。感謝しろ」

浩太がぶっきらぼうに言った。

「あ、ありがと……」

わたしのこと、探してくれてたんだろうか。まだ仲直りしてないのに。浩太はいまだ仏頂面のままだ。でもその顔を見ただけで、なぜだかとてもほっとした。

ほら、とっとと帰んぞ。早足で行く浩太のあとを、わたしは慌てて追いかける。

「荻野さんと一緒だったんか？」

背中越しに訊いてくる浩太の問いに、

「うん」

わたしは素直に答えた。

「で、なんて言ったんだよ？」

「好きです、恋人になってくださいって。で、見事玉砕」

わたしがくすくす笑って言うと、「うわー、すげーストレート」と前から呆れた声があがった。

「もうちょっとやり方があんだろ。ボディブローみたいにちょっとずつ攻めてくとかさ」

「でもさ、この恋は長引かせちゃいけない恋だったから」

「あん？」

「浩太が心配してくれたとおりだったよ。わたし、やっぱりちょっと変だったんだと思う。この時期になると、うまく言えないけど、何かにすがりたくなってどうしようもなくなるの。そうじゃないと、悲しみに押し潰されそうになっちゃって……」

前を行く背中に向けて言うと、ああ、うん、と短く相槌が返ってくる。

わたしは頭の中を整理しながら、ゆっくり喋った。

「今回はね、それが荻野さんだったんじゃないかと思う。荻野さんはお姉ちゃんが好きだったひと。だからわたしもって。それでお姉ちゃんの服まで着たりとか、わけわかんないことしちゃって。でも、それでいいと思ったんだ。自分がお姉ちゃんの代わりになれるならって。途中からそういう風にめちゃくちゃな思考になっちゃった……」

ひとつずつ言葉を確認するように、わたしは浩太と自分自身に向けて話し続ける。

「わたしが好きだったのは、荻野さんじゃなくて、荻野さんの中にいるお姉ちゃんだったんじゃないのかな。現にさ、もし荻野さんがお姉ちゃんの恋人じゃなかったら、わたしはたぶん荻野さんのこと、好きになってなかったと思うんだ。浩太が言ってた、お姉ちゃんにとらわれ過ぎっていうのも、そういう意味だったんでしょ？」

浩太は何も答えない。ただぐんぐん早足で坂道を下っていく。わたしはその見慣れた背中にかまわず話し続ける。

「だからこの恋は、きっとインフルエンザみたいなもの。ぱっと急激に熱が出て、でもそれは短いあいだだけ。だってほら、わたし、ぜんぜん悲しそうに見えないでしょ」

ひとりごとみたいに延々喋っていたら、浩太が急にぴたりと立ち止まった。予期していなかったわたしは、その背中に思い切り突っ込み、つんのめった。

「いたっ、急にとま――」

よろけながら文句を言いかけたところで、仏頂面の浩太が振り返る。

「バッカじゃねえ」

浩太がわたしを見つめて、いつもの投げ捨てるような口調で言った。

「え？」

「俺たち、どれだけ長い付き合いだと思ってんだ？　赤ちゃんのときから一緒に育ったんだぜ。そんなふうにへらへら笑ってても、俺にはおまえがめちゃめちゃ悲しんでるようにしか見えない」

「あ……」

浩太のその一言で、もう駄目だった。

「うう……」

勝手に声がもれ、ずっとこらえていた涙が一気にこみあげてきた。ぼろぼろっと水みたいに瞳からあふれでて、とまらなくなった。

自分でもびっくりしてしまうほど大きな声をあげて、わたしは泣いた。人気のない通りで立ち止まり、恥なんて脱ぎ捨てて空に向かってわんわん泣いた。

「わたし、お姉ちゃんの恋人じゃなかったら、荻野さんのこと好きになんてなってなかった……。でもね、浩太、荻野さんのこと好きだと思ったこの二週間の気持ちはさ、本当だったんだよ。それだけはさ、本当だったんだよ……」

きっと自分はいま、さぞかしひどい顔をしているんだろうな。そう思いながら、わたしは言った。

生まれてはじめて誰かを好きだと思った気持ち。荻野さんを思うとき、わたしはたしかに幸せだった。でも終わってしまった。せっかく芽生えた大切な気持ちは、もうどこにも向けられない。どこにも届けてやることはできない。そのことが無性に不憫《ふびん》に思えて、悲しくてたまらない。

「うん、そうだな」

浩太がわたしの肩をぽんぽんと叩きながら囁くように言った。その声に涙がさらに流れてくる。

わたしは空に向かって、吠えるみたいにして泣いた。不憫なわたしの恋心を思って、ひたすら泣き続けた。子どもと一緒だ。悲しくて泣き出して、途中からそうして泣いてる自分がかわいそうでさらに泣いてしまう。浩太はもう何も言わない。ただずっとわたしの傍に立っている。

結局どのくらいそうしていたのだろう。ようやく泣きやんだころには、体中の水分を全部絞り出した気分だった。ポケットのハンカチなんて使う余裕もなく、涙と鼻水はTシャツと道路に沁み込んでしまった。

「ごめんね、浩太」

わたしは空に向かって大きく息をつくと、ヒックヒック喉を鳴らしながら隣の浩太に言った。泣いたあとって、どうしてこんなに頭がふわふわするのだろう。

「あん？　いいよ、別に。どうせ誰も見てないし」

浩太は苦笑いしながらも、やさしい声で言った。

「そうじゃなくて、この前、ごめんね。ひどいこと言ってごめんね。ずっと謝りたかった」

わたしの言葉に、浩太は、いやまあ、あれだ、ともごもごと口ごもる。

「おまえだけのせいでもないだろ。俺も大人げなかった、大人じゃないけど」

「もう二度と仲直りできないんじゃないかって、すごく怖かった」

わたしは下を向いたままつぶやいた。街灯に照らされたわたしたちの長い影が、アスファルトに落ちている。浩太の影からぬっと手が伸びて、わたしの影の頭の上に乗る。それと同時に頭の上に、温かく、そしてたしかな重みを感じる。

「バカじゃねえ。そんなことあってたまるかよ。おまえ、ほんとに弱ってんな」

浩太が偉そうに言ってくる。

「バカがバカって言うな」

「てめ、せっかくしおらしかったのに」

最後には二人揃って一斉にふきだした。そしていつもの調子でお互いを罵《ののし》りながら、自然と肩を並べ歩き出した。ついさっきまで喧嘩なんてしていたのが嘘みたいに。

商店街はもうすぐそこ。こんな泣き腫《は》らした顔で帰ったら父に心配されてしまう。俺んちでやったゾンビゲームのエンディングが最高に感動的だったってことにすりゃいいんじゃね、と提案する浩太に、いや、無理あるっしょ、とわたしは笑って返した。車が一台、わたしたちの脇をすべるように静かに走り抜けていく。

平気だと言ったのに、結局トルンカ通りの前まで送ってくれた浩太に「ありがとう」と礼を言った。浩太は照れくさそうに、「別に通り道だろ」とそっぽを向く。

「そうじゃなくて、いつもありがとう。あんたがいてくれて、わたし、本当によかった」

浩太にこんなふうにあらたまって礼を言うのは、たぶんはじめてのことだ。めまぐるしい感情の変化を数時間で味わったわたしは、まるで憑《つ》きものが落ちたみたいに素直になっていて、普段ならなかなか出てこない言葉が驚くほどすんなり出てきた。

「なにをいまさらって感じだけど、まあ、スミねえとも約束したことだしな」

浩太がシャッターの閉まった八百屋に背中をあずけ、突然おかしなことを言いだすので、

「え、なんのこと?」

わたしは声をあげた。

「スミねえに頼まれたんだ。『雫を守ってやってね』って。病院に見舞いに行ったときにさ」

浩太はしれっとした顔で言う。

「なにそれ、ぜんぜん知らないよ」

「そりゃそうだ、二人だけの秘密だったんだから」浩太はなおもしれっと言う。「スミねえ言ってたよ。『私はひねくれ者だけど、雫は違う。あの子は素直で、きれいな心を持ってる。周りのひとたちを自然に好きになって、自然に好かれる、そういう得難い才能を生まれながらに持ってる。だけどやさしすぎる子だから傷つくこともたくさんあると思う。そういうときは男の子のあなたが守ってやってね』って」

今日は一体なんの日なんだ。あまりにいろんなことがありすぎる。

「それで……浩太はなんて答えたの？」

「そんなのこれから死んじゃうってひとに適当なこと言えるわけないだろ。だから言ったよ、『あたりきしゃりき』って」

浩太はにっかり笑うと、だって俺、男の子だもん、とボディビルダーみたいなポーズをしてみせた。それがあまりに滑稽でわたしはふき出してしまった。

「あーあ、言っちまった、俺、絶対天国で殺される。でもさ、俺もスミねえもさ、そういう雫が好きなんだよ。だから無理に変えようとするおまえを見るのが嫌なんだ。おまえはおまえらしくいてくれ。俺の言いたいことわかるか?」

「うん、わかるよ」

大きく頷いてみせると、

「おし、クソして寝るわ」

余計なひとことを残し、浩太は去っていった。

それから姉の七回忌の準備、それに合わせての母の一時的帰宅と、少しだけ慌ただしい日々が続いた。今年のお正月に会って以来、八カ月ぶりに再会した母は、前よりもさらに健康的に日に焼け、瞳にもずいぶん輝きが戻っていた。

七回忌では、親戚にあれこれ嫌味を言われたり、手配していたお弁当がひとつ足りなかったりと、いろんな対処に追われ、トルンカで働く十倍くらい疲れた。でもそうして忙しく立ち働いていたおかげなのか、体調が悪くなることもなかった。わたしと母と父は久しぶりに三人揃って夕飯を食べ、いろんな話をして、翌日空港までわたしが母を送った。

帰りの成田空港から日暮里駅までの電車は、お昼過ぎとあって空いていた。わたしはぱらぱらとしか乗客のいない車両の真ん中あたりの席に座り、真っ白い雲が浮かぶ窓の外を眺めた。

お姉ちゃん。

青い空に向かって、心のうちで話しかけてみる。

そっちはどう？　こっちは元気だよ。

お母さんがね、別れ際、来年にはこっちに戻ってくるって言ってたよ。でも無理しないでって言っておいた。だってわたしたち、離れていたって家族であることに変わりないんだから。そうだよね？

それからさ、荻野さんに再会して、わたしわかっちゃったことがあるよ。荻野さんにはさんざん言おうか迷って、結局言わないでおいたけど。お姉ちゃんは荻野さんのこと、嫌いになんてなってなかったんでしょう？　わたし、見ちゃったんだ、お姉ちゃんが病室で荻野さんにもらった本を大事そうに胸に抱えて泣いてるところ。あのころは不思議だったけど、いまになってわかった。お姉ちゃんは自分の先が短いって知って、荻野さんのこと、ふったんだね。大切なひとがこの先、自分の死を引きずらないですむようにって。まったく、お姉ちゃんらしいよ。でも荻野さん、幸せだって言ってたよ。笑ってたよ。良かったね、だってそれがお姉ちゃんの願いでしょう？

わたしもさ、自分らしく生きるよ。自分を磨くって大変そうだけど、時間をかけてやっってくれるよね。見守ってみる。雫っていう自分の名前に恥じないようにね。それに逆立ちしたって、やっぱりわたしはお姉ちゃんみたいになれないもの。うん、だからわたしはわたしでいいよね。見守ってくれるよね。

電車は軽快に走っていく。わたしの住む街に向けて。

トルンカに帰ったら、コーヒーを飲もう。

なぜか急にそんな気分になった。父の淹れる温かいコーヒーが飲みたい。白いカップになみなみ注がれたコーヒーが。わたしがコーヒーを淹れてと頼んだら、父はどんな顔をするだろう。

窓の外ではぐんぐん景色が流れていく。数日前が嘘みたいに、わたしの心も青空みたいに澄み渡っている。

でも忘れない、たとえ短いあいだでもわたしは恋をした。とても好きだった。それはわたしにとっての、大切な宝物だ。ときおりぶり返す胸の痛みも、そんなに悪いものじゃない。いつかまた、わたしはきっと恋をする。そのときまでには、自分にもっと自信を持てるようになっていよう。そしてわたし自身をそのひとに見てもらうのだ。

そんなことを考えていたら、不意に浩太の間抜けヅラが頭に浮かんできた。わたしは慌ててそれを打ち消す。いやいや、無理だ、だって相手は浩太だ。あるわけない。やっぱりわたしの新しい恋は当分先になることだろう。

とにかくコーヒーだ。家に帰って、まずはコーヒー。怖い夢なんてもし見ても、そんなもの蹴散らしてやる。そのくらいのタフさは、いままでの人生で身につけたつもりだ。

十年ぶりにトルンカで飲むコーヒーは、一体どんな味がするだろう。

わたしは少し緊張しながら、窓の外を眺めている。

解　説

南沢奈央（女優）

どんな場所に住みたいか。そう聞かれてわたしが答えるのが、〝谷根千《やねせん》〟だ。谷中《やなか》・根《ね》津《づ》・千駄木《せんだぎ》。下町情緒《じょうちょ》が色濃く残るこの街にいるだけで、不思議とほっとする。だからよくわたしは休日になると、谷根千に散歩しに行く。

その中でも特に好きなのは、谷中。「寺町《てらまち》」と呼ばれるほど多くの寺院があり、徳川慶《とくがわよし》喜《のぶ》や渋沢栄一《しぶさわえいいち》、横山大観《よこやまたいかん》など著名人が眠る谷中霊園も有名で、そこかしこで歴史を感じることのできる街である。

谷中を歩く。谷中、というとやはり谷中銀座商店街が代名詞だろう。東京メトロ千代田《ちよだ》線の千駄木駅を降りて、不忍通《しのばずどお》りを渡ってさんさき坂へ。よみせ通りの方から谷中銀座に向かう。ちなみに、さんさき坂から谷中方面のよみせ通りではなく、根津方面に行けば〝へび道〟というぐねぐねした細い道があり、そこにもこぢんまりした雑貨屋や飲食店がひっそりと佇《たたず》んでいて散歩コースとしてぜひ紹介したいが、話が尽《つ》きないので、今回は谷中方面へ。

谷中銀座へ向かうが、まずこのよみせ通りにもさまざまな魅力的なお店が立ち並ぶ。元倉庫だった場所をリノベしたカフェ、昭和レトロなパン屋、注文してから生豆を焙煎《ばいせん》してくれるコーヒー豆専門店、コンビーフが有名な食肉専門店……ふらっと立ち寄りたい場所がたくさん。

谷中銀座に入っていくと、さらにぎゅっと密度高く多くのお店が並んでいる。谷中の猫をモチーフにした焼き菓子、和栗菓子、竹細工、落語グッズや和小物を置いているお店など、誰かにお土産に買っていきたくなるようなお店が多くありながらも、酒屋さんに、八百屋、お肉屋、お惣菜屋など、地元の人が利用するような生活に根付いた老舗《しにせ》も多い。

歴史を重ね、レトロなんだけどまったく寂《さび》れている印象はない。昔からのお店もありながら、若い人が営む新しいお店も次々出ているからだと思う。それらも古民家などを使っていたりしているから、街並みと活気が維持されている。

そんな昔ながらの空気を残したまま、新しい風が吹いている街だからこそ、本書の登場人物たちのように、少し欠けた心を埋めるために、〝過去の何か〟を探しに谷中に来たくなるのだ。

本書の舞台である純喫茶トルンカは、〈商店街を折れ、両側を民家に囲まれた路地の奥と、おそろしくわかりづらい〉場所に静かに佇む、小さなお店。アルバイトで働いている修一《しゅういち》も、猫に案内されるように、〈大人がひとり通るのがやっとの細い路地〉を進んでいったら見つけたという。それだけで、入り口の扉を開けたら奇跡が起きそうな予感がする。

店内ではショパンの曲が流れ、口数の少ないマスターが淹れるコーヒーは美味しいと評判で、高校生の看板娘・雫《しずく》が明るく迎え入れてくれる。普段は近所の常連さんが集う賑《にぎ》やかさもある喫茶店だが、「日曜日のバレリーナ」は年の瀬も迫った日曜日ということもあって、閑古鳥《かんこどり》が鳴いている状態で始まる。

「あー、なんか面白いこと起きないかな」と雫がこぼしているところに、一人の女性客・雪村千夏《ゆきむらちなつ》がやって来る。

「私たち、前世で恋人同士だったんです」

修一に突然そう言い出す千夏は、十八世紀末のパリでの話を語り出す。戸惑う修一を横目に、面白がりながらもちゃんと耳を傾《かたむ》ける雫。なんともドラマチックでミステリアスな展開で始まるが、千夏がトルンカにやってきた本当の目的が明らかになっていく。

幼少期の辛い時期に、一緒に過ごしたあの子と会いたい。やがて修一の過去とつながっていき、ふたりは囚《とら》われていた過去の記憶と折り合いをつけて、前を向いていく――。

「再会の街」では、かつて自分の欲のために大切な人を捨ててしまった沼田弘之《ぬまたひろゆき》、「恋の雫」は失った姉の面影を追う雫のストーリーになる。三篇それぞれに描かれるのは、過去にわだかまりが残った人物たちだ。そしてみなトルンカで、コーヒーをドリップしていくように、心にたまった澱《おり》がゆっくりと除かれ、味わい深く豊かな未来が見えてくる。トルンカが、人々の止まり木のような存在になっているのだ。

その過程で共通しているもう一つのエッセンスは、〝再会〟だ。幼少期の辛い時期に、一緒に過ごしたあの子。大切な人の娘。亡き姉のかつての恋人。

・〈再会とは、人生における一番身近な奇跡である〉

谷中の花屋で働き、トルンカの常連で格言好きの絢子《あやこ》の言葉だ。本書全体のテーマを言い表しているような印象的な一文だ。

人と人がふたたび会うということ。それは過去に戻ることにもなるが、それでも、それぞれの今を歩んできたふたりが交われば、また新しい未来への道が開かれることにもつながる。そんな身近なようで大きな奇跡が起こりそうなのが、谷中という場所であり、純喫茶トルンカなのだ。

ほろ苦さがあるのが人生だ。そう気づきながら、それでも逞しく、人と関わって生きていく人物たちに勇気をもらう。終始あたたかい空気が流れていて、読み終えた今、こんなに優しい気持ちになれる小説はめずらしい。

自分自身の純喫茶トルンカを探すべく、わたしは今日も歩く。のんびりくつろぐ猫にあいさつをして、夕やけだんだんを上って振り返れば、何か見えるはずだ。

二〇二二年　四月

この作品は2013年11月刊行の『純喫茶トルンカ』(徳間文庫)の新装版です。
なお、本作品はフィクションであり実在の個人・団体などとは一切関係がありません。

徳間文庫

純喫茶《じゅんきっさ》トルンカ

〈新装版〉

2022年6月15日 初刷
2023年5月31日 6刷

著者 八《や》木《ぎ》沢《さわ》里《さと》志《し》
発行者 小宮英行
発行所 株式会社 徳間書店
〒141-8202 東京都品川区上大崎三-一-一
目黒セントラルスクエア
電話 編集〇三(五四〇三)四三四九
販売〇四九(二九三)五五二一
振替 〇〇一四〇-〇-四四三九二
印刷 大日本印刷株式会社
製本

ISBN978-4-19-894751-4 (乱丁、落丁本はお取りかえいたします)

徳間文庫の好評既刊

八木沢里志
きみと暮らせば

書下し

十年前、陽一の母とユカリの父が結婚し、二人は兄妹になったが、五年前に両親は他界。中三のユカリは義母のレシピ帳を参考に料理し、陽一は仕事で生活費を稼ぎ、支えあいながらの二人暮らし。ある日、庭先に猫が現れる。二人は猫を飼い主らしき人へ届けに行くのだが——。のんびり屋の兄と、しっかり者の妹が織りなす、陽の光差すような、猫もまどろむほのぼのあったかストーリー。